# わたしの本の空白は

近藤史恵

ハルキ文庫

JN122029

角川春樹事務所

あの瞬間に、彼女に恋をしたのだと、はっきり言える瞬間があればよかったのにと思う。もし、そうだったら、その瞬間を自分の胸に抱え込んで、大事に取っておくことができる。現実には、恋は否応《いやおう》なしに、ある種の悲劇のようにやってくる。なんとか避《さ》けようとすればするほど、深みにはまってしまうのだ。

好きになるべきではない人だった。それはわかっていた。

彼女に恋をしたことで、ぼくは多くのものを失った。もうぼくには心を寄せる人もいない。たったひとりだ。

ぼくは、閉じた世界の中で、ただ彼女のことだけを何度も思い返す。彼女と過ごした日々を反芻《はんすう》する。

それだけは、誰《だれ》にも奪えないぼくだけの宝物だ。

それとも、いつか訪れる本当に残酷な運命は、ぼくのただひとつの宝物さえ、奪ってしまうのだろうか。

# 第一章

光がまぶしい。

目を開けると、開いたカーテンから光が降り注いでいた。ぼんやりと「ここはどこなのだろう」と考える。

ちゃんとカーテンを閉めないから、目が覚めてしまったのだ。寝返りを打って、枕《まくら》に顔を埋《うず》める。

光から逃れられれば、もう少し眠れる。あと、少しだけ眠りたい。

意識はまたぐずぐずと溶けていく。部屋は暑くもなく、寒くもなく、ちょうどいい温度に保たれている。快適だ。

シーツもほどよく糊《のり》が利いていて、寝心地がいい。

わたしは、もう一度寝返りを打って、仰向《あおむ》けになった。手で光を遮《さえぎ》って、しばらく考え込む。

ここは、本当にどこなのだろう。

わたしの部屋なのか。それともホテルか。

見覚えはない。だが、殺風景な白い部屋は病院かなにかのように見える。

わたしの部屋は、こんな部屋ではない。

わたしの部屋は……。

思い出そうとして、凍《こお》り付く。

必死に記憶から自分の部屋を探し出そうとするが、なにも浮かばない。

それだけではない。

わたしは、昨日、なにをして、なにを食べたのか、とか、昨日の夜、どこで就寝したのかも、なにも思い出せない。

喉元《のどもと》になにかがせり上がってくるようで、うまく息ができない。

なにより、自分の名前も思い出せない。

名前だけではない。年齢も、職業も、友達の顔も。

空っぽだ。引き出しに手を突っ込むように、記憶を掻《か》き回してみても、なにも触ることができない。

日本語で考えているから、たぶん日本人だ。口を開けて、小さく「あー」と声を出してみる。

少し低い、女の声。両手を胸にやると、手に余るほどの乳房に触れる。

女だ。そして、目が見えて、耳が聞こえる。

身体《からだ》をベッドから起こしてみた。狭い部屋と、パイプベッド。ベッドの脇にはパイプ椅《い》子《す》が置いてある。

病室のように思えるが、点滴だとかなにかの管に繋《つな》がれている様子はない。

自分の手を見る。青白くて、痩《や》せている。血管が浮いている。爪《つめ》の先には薄紫のジェルネイル。それほど剝《は》げてもいないし、根元に隙間《すきま》もない。少なくとも一ヶ月より前に施したものではない。

入院着の腕をまくると、点滴のあとのようなものはあるが、それだけだ。おそるおそる、ベッドから足を下ろして、立ち上がってみる。

どこか心許《こころもと》ない感じがするが、立つことはできた。

ドアの横に洗面台があったから、そこで鏡を見る。

見たことのない女がそこにいた。とびきり美しいというわけではない。ごく普通の、印象に残らない顔立ち。もっとも、化粧をしていないから、装えば、もう少しましになるかもしれない。

太っているわけではなく、痩せすぎているわけでもない。年齢は二十代半ばくらいだろうか。

少し気持ちが落ち着いてくる。

自分の名前も思い出せないような状況だが、ここが病院らしいということで、少しだけ安心できる気がする。

なにもわからないのに、ここから放《ほう》り出されて、路頭に迷うということはないだろうし、もしかしたら、わたしが誰かということを知っている人もいるかもしれない。

窓に向かって歩く。どこかが痛むようなことはない。頭には包帯などもない。事故で頭を打って、記憶を失ったのではないだろう。

そういう病気なのだろうか。

窓の外をのぞくと、池と木々が見えた。この建物の敷地内に池があるのだ。少し先に駐車場、その向こうは住宅街だ。その向こうにモノレールが見える。

不思議だった。自分が誰かということすらわからないのに、外にある住宅街が、なかなか洗練されていて、地価が高そうだということはわかるのだ。

たしか、モノレールが走っている地域というのは、日本で十ヵ所くらいだったような気がする。

そのうちのどこかだ。地方都市だとしても、それなりに栄えている地域だろう。

ノックもなく、ドアが開いた。わたしは反射的に振り返った。

立っていたのは、四十代ほどの看護師だった。

「まあ、ミナミさん……」

記憶を失って、なにもわからないまま、この病院に連れてこられたという可能性だってあった。

看護師が、わたしの名前を知っているらしいことに、全身の力が抜けるほど安堵《あんど》した。

南《みなみ》か三波《みなみ》、もしくは姓ではなく、名前だろうか。

「お目覚めになられたんですね。すぐご家族に連絡しますね」

家族もいる。両親だろうか。それとも兄弟か。

家族の顔や、名前すら思い出せない。頭の中を引っ掻き回しても、どんな家族がいるのかもわからない。

父や母、姉、兄、妹、弟。いろんな単語を思い浮かべてみても、顔が浮かばない。これまでとは違う恐怖が押し寄せてくる。

わたしはその人のことをなにも知らないのに、その人はわたしのことを知っている。その人が嘘《うそ》を言っても、わたしには判断のしようがない。黙ってその人を信じるしかないのだ。

不安になりながら、わたしはもう一度窓の外に目をやった。

この景色のどこかに、自分の記憶を呼び覚ますことができるスイッチがあればいいのにと思ったが、どんなに目をこらしても、心はなにも揺れない。

どれも、はじめて見るもののように感じられる。

派手なラッピング広告のモノレールが、窓の外を通り抜けた。

三笠《みかさ》南。それがわたしの名前だった。

看護師から教えてもらったわけではない。なにげなく、ドアを開けて個室にかけてある名札を見たのだ。

全部で六文字の名前のうち、半分が「み」だな、とか、住所やバス停の表示みたい、などと考える。

「次は、三笠南、三笠南。お降りの方は停車ボタンをお押しください」

小さな声でつぶやいてみる。日本のどこかにはそういうバス停があるかもしれない。

わたしの両親は、なぜ、南という名前をわたしにつけたのだろうと考える。あたたかい人になってほしかったから。南国の生まれだから。友達や身内に、「南」という名前の素敵な人がいたから。それとも、単に語感から。

わたしは、知らない人の名前について考えるように、自分の名前について考える。親しみのようなものは、少しも感じない。

看護師も医師もこないから、わたしは自分を観察した。

靴下を脱いでみると、足は小さい。足の指にもジェルネイルが施されているが、少し爪が伸びている。手の爪よりも前に塗ったのだろう。

他には装飾品はなにもつけていない。指輪もネックレスも、ピアスの穴さえ開いていない。

視力はすごくいいわけではないが、裸眼で困るというほどではない。眼鏡やコンタクトがなくても生活していけるだろう。

ベッドに腰掛けて、ベッドサイドにある小さな棚の引き出しを開けてみた。

指輪がひとつ入っていた。小さなルビーがついているゴールドの指輪。右手の薬指にはめてみると、ぴったりとはまった。

部屋の隅にあるロッカーを開けると、部屋着のような綿のワンピースがかかっている。それだけだ。

長期で入院していたなら、家族がもっといろんなものを置いていくような気がした。病院にいる期間は、そんなに長くはない。

考えることはたくさんあるようで、なにもなかった。わたしは空っぽで、なにも入っていない。

これからどうするかを考えるにも、必要な材料が揃《そろ》っていない。今のところは身体に大きな傷や痛みはないような気がしたが、実は致命的な脳の病気を抱えていて、あと数日で死ぬのかもしれない。

記憶喪失も、その病気の症状かもしれない。

もう一度、ベッドに倒れ込んで、掌《てのひら》を天井にかざす。

不思議と、そう考えることで気持ちは落ち着いた。

記憶を失っていない状態なら、死ぬことが怖いと思えるのだろうか。

もうひとつの楽観的な見通しは、これが一時的なものであるという可能性だ。何時間後か、それとも何日後かに、わたしはすべてを思い出す。

いいことも、嫌なことも。

胸がざわついた。自分が誰を傷つけたか、誰に嫌われているか、誰なら信用してもいいのかわからないのは、恐ろしいことだ。

早く、記憶を取り戻したいと思う一方で、そこに埋まっているものを恐れる気持ちもある。

自分が善良な人間で、誰にも恨まれていないといいのだが、なんとなく、その可能性は低いような気がした。

記憶を失っても、性格までは変わらないはずだ。こうやって、自分のことすら信用できないわたしが、他人に信用される人間だったとは思えないのだ。

ノックの音がした。

わたしはベッドから跳ね起きた。返事をする前に、ドアが開いた。この病院の人たちは、せっかちだ。

入ってきたのは、看護師ではなく、病院助手だった。トレイに載せた食事を運んできてくれたようだ。

うれしい。空腹を感じ始めていたのだ。

だが、ベッドのテーブルに置かれたトレイを見て、わたしはがっかりした。薄い重湯《おもゆ》とお茶しか載っていない。

「三笠さんは、三日ほどなにも食べていないですから、重湯からはじめましょう」

助手の女性は、わたしの表情を見てそう言った。

つまり、わたしは三日ほど意識を失っていたのだろうか。いろいろ聞きたかったが、助手の女性は忙しそうに部屋を出て行った。

重湯をゆっくりと味わう。おいしいとは思えなかったが、少し空腹はおさまった。

医師や看護師もこない。看護師の数もそう多くないように思える。寂れた病院なのか、他にもっと人手が必要な患者がいるのか。

わたしは、食べ終えたトレイを持って、外に出た。廊下をうろうろすると、トレイを片付けるワゴンがあったので、そこに置く。

ナースセンターには、先ほどの看護師がひとりいるだけだった。彼女はわたしに気づいた。

「ご家族には連絡しましたから、もうすぐいらっしゃると思いますよ」

時計を見る。まだ十二時を少しまわったばかりだ。

おそるおそる、尋《たず》ねてみた。

「先生と話がしたいんですけれど……」

「今日は日曜日ですから、担当の先生はいらっしゃらないんですよ。ご気分が悪いとかですか？」

「いえ、そういうんじゃないんです。だったら大丈夫です」

それで看護師が少ない理由もわかった。

病棟はひどく静かで、会話なども聞こえない。日曜日なら、見舞客がきてもいいはずなのだが、ラウンジなどが離れた場所にあるのかもしれない。

わたしはとぼとぼと病室に戻った。

もう、することはない。みかさみなみ、みかさみなみと自分の名前を繰り返す。

そうだ。なにが食べたいかならば、考えられるかもしれない。

おむすびが食べたい。三角形に握った塩むすび。それだけでいい。あとは、ソーセージの入ったナポリタン。

そこまで考えて、少し笑いたくなった。

少なくとも、真っ先に浮かぶのは、フランス料理や、華やかなアフタヌーンティーなどではない。高級なものばかり食べているわけではなさそうだ。

かすかな断片から、三笠南のことを推測する。まるで知らなかった人と出会うように。

急にドアが開いて、わたしはまた飛び上がりそうになった。

「南！」

入ってきたのは、大柄な男性だった。三十前くらいに見える。

「南、気づいたのか。よかった！」

いきなり、抱きしめられた。かすかな制汗剤と、汗の臭い。戸惑いはあるが、不快ではない。

この人は誰だろう。年齢から言うと、わたしの兄だろうか。

顔は似ていない気がする。会った瞬間抱きしめられたから、パーツまではよく見ていないけれど、全体の印象はまるで違う。

「大丈夫か。気分は悪くないか。どこか苦しいところはないか？」

矢継ぎ早に尋ねられる。わたしは小さな声で「大丈夫」と答えた。

彼は微笑《ほほえ》んだ。心があたたかくなるような笑顔だった。この人は、本当にわたしのことを心配してくれていたのだ、と感じられる。

どうやって、切りだそう。なにも覚えていないのだということを。

わたしは彼の顔を見上げた。彼は身体を引いて、ん？　という顔をした。

わたしがなにを言おうとしているのか、待っている。

「あの……お兄さん？」

お兄ちゃんと呼んだ方が自然だっただろうか。そう思うよりさきに彼の目が見開かれた。

「なにを言ってるんだ、南」

肩をつかんで揺さぶられる。

「どうしたんだ。しっかりしろ」

兄ではなかった。失敗だったが、どちらにせよ、すぐに伝えなくてはならないことだ。

彼はわたしの顔をのぞき込んだ。さきほどとはまるで違う、険《けわ》しい顔になっている。

「俺のことがわかるか」

わたしは首を横に振った。

彼の顔が歪《ゆが》む。どこか泣きそうな顔だ。

「俺は……きみの夫だ」


不思議なことに、わたしはその可能性をまったく考えていなかった。

自分が結婚していて、夫がいるなんて。聞いても、まったく実感が湧《わ》かない。

あの指輪は結婚指輪だろうか。左の薬指にもぴったりはまるのだろうか。

わたしはこの男性を愛《いと》おしいと感じ、彼とセックスしていたのだろうか。少しもリアルに感じられない。

すぐに当直医が呼ばれ、話を聞かれた。なにも覚えていないと言うと、医師の顔も、夫の顔も険しくなる。

「ともかく、明日、脳の精密検査をしましょう。もしかしたら、一時的なものかもしれません」

医師との会話でわかったことがいくつかある。

わたしは、自宅の階段から落ちて、気絶したのだという。だが、外傷はほとんどなく、危険な状態というわけではなかったから、このあと精密検査を受けることになっていたらしい。

わたしの家は、一軒家で二階がある。この人とふたり暮らしなのか、それとも他に家族がいるのか。

医師が立ち去った後、わたしは彼に気になっていたことを尋ねた。

「わたしたちには、子供は……？」

彼は首を横に振った。

「いない。これから作ろうと相談はしていた」

ほっとする。子供がいるなら、わたしの年齢から判断してまだ小さいだろうし、母親が記憶を失い、自分のことまで忘れてしまったと知るのはショックなことだろう。いい大人である彼も、ひどく落ち込んでいるように見える。

だが、彼に尋ねなければならないことはたくさんある。

「わたし、あなたのことをなんて呼べばいいの？」

彼はわたしの配偶者だと言うが、わたしは彼の名前すら覚えていない。

彼は小さくためいきをついた。

「シンヤ……と」

どんな漢字を書くのだろう。わたしは口に出してみた。

「シンヤさん」

「呼び捨てだった」

「シンヤ」

そう呼ぶと、彼の表情が少しだけ和《やわ》らいだ。三笠シンヤ。結婚しているというのだから、姓は同じだろう。

「家には、わたしとシンヤだけ？」

「いや、俺の母親と……それから姉がいる。名前も聞くか？」

「お願いします」

「敬語はやめてくれ」

　そう言われても、目の前の人のことを、少しも身近に感じられないのだ。わたしにとっては知らない年上の男性だ。

「母親は、ハル。姉はユミ。ふたりは、一階に住んでいて、俺たちは二階だ」

「二世帯住居？」

「いや、キッチンや風呂《ふろ》は一緒だから、完全に世帯を分けているわけではない。だが、仲は悪くなかったと思う。母さんも、姉貴も心配している」

　そのわりに、一緒にはこなかった。理由を聞くのはやめた。

　記憶はないのに、こういうことを男性に聞いても、あまり頼りにはならないだろうと思えるのはなぜだろう。

　自分とつながる記憶はなくても、人生での情報の蓄積は、頭のどこかに残っているのだろうか。

「わたしは働いている？」

「今は働いていない。求職はしているが、あまりうまくはいっていないと聞いていた」

　既婚、そして子供も作りたいと思っている。仕事を探すのに、あまりいい条件ではないだろう。雇ってすぐに、妊娠して産休を取るようなことになるかもしれない。

「わたしの両親は？」

「母親は三年前に亡くなった。きみの両親はきみが小さいうちに離婚して、父親とはもう連絡も取っていないと前に聞いた。小雪《こゆき》ちゃんのことも覚えていないのか?」

「小雪?」

「きみの妹だ。とても仲がいい。彼女に連絡するか? 病院に運ばれたことは知っているから、とても心配している。ここにくるまでに意識が戻ったということはメールで知らせている」

少しずつ、不安はほどけていく。少なくともこの人は、わたしの妹がわたしを心配しているということを気遣える人だ。

「記憶が戻ってないということは、言わなくてもいいと思う。心配かけるから」

どうしても記憶が戻らないようだったら、妹にも話して、過去の話を聞かなければならないが、二、三日で元に戻るなら無駄な心配をかけたくはない。

妹の顔は浮かばないが、自分に妹がいると思っても違和感はない。この人が夫だと知ったときとは全然違う。

当然かもしれない。妹とは、小さいときからずっと一緒だったはずだが、結婚したのはどんなに早くても十代後半だ。現実的に考えると、二十歳を超えてからだろう。

「わたしはいくつ?」

「二十六歳だ。俺は三十三歳」

少し年の差がある。だが、驚くほどではない。

「結婚したのは、いつ？」

彼は少し口ごもった。

「今年の四月だ」

さっき、今は十二月四日だと聞いた。まだ一年も経《た》っていないのに、妻がこんなことになるなんて、可哀想《かわいそう》な人だ。

彼はどう感じているのだろうか。驚いているのはわかる。だが、驚きの向こうに「うんざり」を感じ取るのは、わたしが過敏なせいだろうか。

妻が階段から落ちて、意識を失った。最初は命の心配もしたはずだ。重傷でもなく、意識も戻ったと聞いて喜んだのに、妻はなにもかも忘れている。うんざりするのも当然だ。

黙りこくったわたしの顔を、彼はのぞき込んだ。

「大丈夫か。気分は？」

「大丈夫。でも少し疲れた」

身体はほとんど動かしていないのに、わたしはたしかに疲れていた。このままベッドに倒れ込んで眠りたい。

彼さえ帰ってくれれば、その望みは簡単に叶《かな》う。

わたしのことばを聞いて、彼はあからさまにほっとした顔になった。彼だって、この状況から少しでも早く逃げ出したいと思っているのだろう。

彼はパイプ椅子から立ち上がった。

「明日、またくる。もしかしたら姉さんか母さんもくるかもしれない」

わたしはとっさに答えていた。

「まだ会いたくない」

「でも、家族に嘘をつくわけには……」

今のわたしにとっては、その人たちは家族ではなく、知らない人だ。それに結婚したのが今年の四月だとすると、まだ八ヶ月程度しか一緒に暮らしてないことになる。

家族だとしても、心の底から打ち解けているとは思えない。

彼は、少し考えて、それから頷《うなず》いた。

「わかった。姉さんと母さんには、意識は戻ったけど、まだあまり話せる状態ではないと言っておく」

「お願い」

わたしがベッドに横になると、彼は布団をかけてくれた。

「なにか持ってきてほしいものはあるか」

そう尋ねられてわたしは笑った。今のわたしは、自分になにが必要かもわからないのだ。

その日、わたしは夢を見た。

長屋というのだろうか。一軒家と言うには狭すぎる家がぎゅうぎゅうと並んでいて、その中心には、もう使われていない古井戸がある。見上げれば、高層ビルがすぐ近くに見えるのに、そこだけが百年も前から変わっていないように見えた。

空いた空間に、胡瓜《きゅうり》やトマトなどが植えられていた。長屋の壁にもみっしり蔦《つた》が這《は》っていて、緑に呑《の》み込まれそうだった。

おかっぱの小さい女の子が、じょうろでトマトに水をやっていた。

すぐに、その子がわたしの妹だとわかった。

「小雪?」

そう呼ぶと、妹は振り返って笑った。

「おねえちゃん、サボテンに水やった?」

「やってへんよ」

「あんまりやったらあかんよ。水をやりすぎたら、腐ってしまうから」

むき出しの大阪弁。わたしも大阪弁で答える。

「やらへんよ」

「つぼみが大きくなってきたから、きっともうすぐ花が咲くで」

小さいじょうろからは、無限に水が流れ出て、地面を濡《ぬ》らしていく。見れば、井戸からも水があふれはじめていた。

わたしは、小雪の手をつかんだ。

「逃げないと」

わたしの手も小雪の手と同じくらい小さい。わたしもまだ子供なのだと、ようやく気づいた。

水は緩慢にあふれて広がっていく。家が少しずつ水に沈んでいく。

「おうちが沈む……」

小雪が悲しげに家に向かって手を伸ばす。

「逃げんとあかん。おうちはもうあかんから」

わたしはそう声を上げる。

わたしたちは手をつないだまま、走り続けていた。急にその手が大きくなった。大きくて、ごつごつとして、そして汗ばんでいる。小さな女の子の手ではない。

わたしも急に気恥ずかしくなって、その手を振りほどこうとしたが、大きな手はわたしをつかんで放さない。

いつの間にか、大きな手の持ち主が先を歩き、わたしは手を引かれながら、後ろを歩いていた。

心臓の音だけが大きく響いて、息が詰まる。掌に汗をかいてしまいそうで恥ずかしい。

手を握っている人が、振り返って笑った。男性だった。

美しい人だ、と思った。眼鏡をかけていて、前髪が少し長い。

きっとこの人のそばにいると、時間は静かに流れていくのだろうと思えた。

彼は、はにかんだように言った。

「南さんと、ここにきたかった」

はじめて、その名前が自分のものだと実感した。

わたしは心の中で繰り返す。

好きだ。こんなにも好きだと。でも、声には出さない。言わなくても伝わる気がした。

わたしたちは手をつないだまま、黙って海辺を歩き続けた。


看護師がドアを開けて入ってきた。

「南さん、今日は検査をしますから、なにも食べないでくださいね。熱を測ってください」

わたしは呆然《ぼうぜん》としながら起き上がり、受け取った体温計を脇《わき》に挟んだ。

夢の記憶を反芻し、なんとかつなぎとめようとした。

あのおかっぱの少女は、きっと妹だ。だが、あの男性はいったい誰なのだろう。

シンヤではない。彼とシンヤは似ていない。

シンヤと出会う前に、付き合っていた恋人だろうか。それとも、わたしの片思いで、夢だから手をつなぐことができたのか。

胸が締め付けられるように苦しかった。昨日、シンヤの顔を見ても、こんな感情は湧いてこなかった。

終わってしまった恋の夢を見て、こんな気持ちになることはあるのだろうか。

もう一度、彼に会いたい。彼の声が聞きたい。彼と手をつなぎたい。強い衝動がせり上がってくる。

だが、わたしは彼の名前すら思い出せないのだ。

それだけではない。わたしはすでに結婚している。彼ともう一度出会っても、どうすることもできない。

彼が、夢の中でだけ存在する人ならばいいのに、と思った。夢の中ならば、ふたりで会っても手をつないでも許されるはずだから。


その日の検査が終わったのは、夕方近かった。

昼食の時間に、病室に帰ることができず、午後三時頃、すっかり冷めたお粥《かゆ》をレンジであたためて食べた。その後、担当の医師とも会い、記憶がないことについていろいろ聞かれた。

医師の方から、わたしの状態についての説明はなかった。検査の結果が出れば、改めてまた話をすると言われただけだった。

わたしもへとへとにくたびれてしまい、医師になにかを聞きたいとも思わなかった。おまけに、朝食を抜いたせいで、ひどく空腹だ。時間が経ったお粥は、糊のようにべったりしていて、少しもおいしくはなかった。

早く、普通の食事にしてもらえないと飢え死にしてしまう。

ようやく、解放されて病室でぐったりしていると、ノックの音がした。

「どうぞ」

声をかけるとドアが開いた。立っていたのは、シンヤだった。

白い薔薇《ばら》のアレンジメントを持っている。小さなものだが、こういうものは案外高い。二千五百円か、三千円くらい、などと、とっさに考えてしまって苦笑する。

「きれい」

「南は、白い薔薇が好きだった」

シンヤはそう言ったが、わたしにはぴんとこない。

きれいだとは思うし、嫌いではない。だが、薔薇はピンクも赤も黄色もきれいだ。特に白が好きだとは思わない。

過去のわたしには、白い薔薇を愛する理由があったのだろうか。白い薔薇に美しい思い出があるという理由なら、記憶を失うと同時に、白い薔薇を好きな理由も消えてしまう。

「なにか思い出したか?」

わたしは首を横に振った。だが、すぐに思い出す。

「夢を見た。たぶん、妹がそこに出てきて……」

いや、思い出したと言えるのだろうか。夢の中のわたしが、あの女の子を小雪と呼んだだけで、わたしはまだ大人になった妹の顔を思い描けないでいる。

「わからない。妹だと思ったけど、確信が持てない」

シンヤは、なぜかうれしげに笑った。

「ちょうどいい。きみの携帯電話を充電して持ってきた。待ち受けは、たしか小雪ちゃんと一緒に写っている写真だ」

「見せて!」

彼が鞄《かばん》から出したのは、鮮やかなピンクのスマートフォンだった。好きで選んだのか、それとも色などどうでもよかったのかわからない。

電源を入れると、しばらくして、待ち受けの画面が表示された。

わたしと同年代の女性が、顔を近づけて笑っていた。

夢の中の少女とそっくりだ。髪型も、子供の頃のおかっぱとほとんど変わらないのに、とてもおしゃれだ。

泣きたいような気持ちになった。やっと、自分が現実世界とつながれた気がした。

このスマートフォンの中に、わたしの過去が詰まっている。

中を見ようと、メニューボタンを押すと、パスワードを求められた。ロックがかかっている。

もちろん、パスワードなど思い出せるはずはない。

過去のわたしが、わたし自身を拒絶している。泣きたくなりながら、わたしはもう一度待ち受け画面を見つめた。


雨の音で目覚めた。

ベッドから起き上がりカーテンを開けると、外はまだ暗い。雨が降っているかどうかはガラス越しにはよくわからなかったが、雨粒の濡れた音が絶え間なく鳴り続けていた。

わたしの記憶にはじめて刻まれる雨。

だが、火星か地下のシェルターで生活していたわけでないのなら、三笠南は数え切れないほどの雨の日を経験しているはずだ。それはもう永久に失われてしまったのか、それとも、なにかきっかけがあれば取り戻すことができるのか。パスワードを思い出せないスマートフォンのように。

大丈夫、状況はそれほど悪くない。わたしは自分にそう言い聞かせる。

頼れる夫がいて、妹もいる。帰る家もある。

それでも不安は、鍋《なべ》の灰汁《あく》のように際限なく湧き続ける。

記憶が戻れば、この不安も解消され、笑顔で日々を過ごすことができるのだろうか。


その日の午前中、主治医と話をした。

昨日も少しだけ会ったが、主治医は白髪の男性で、モニターの画面に映る画像や文字ばかりを見て、わたしの顔を見ようとはしなかった。

「まだ結果の出ていない検査もあるけれど、数値や画像を見る限り、大きな問題はなさそうだけどね」

まるで、なにも思い出せないわたしが悪いような言い方だ。そんなふうに思ってしまうのは、もともと三笠南が僻《ひが》みっぽい性格だからだろうか。

「退院」

彼は単語だけを投げ出すように言った。その後に、付け加える。

「明後日《あさって》には退院して、自宅からの通院にした方がいい。どこも痺《しび》れたりはしていないだろう」

手も足も動く。ただ、自分が誰か思い出せないだけなのだ。

「ご主人もいるし、他にもご家族がいるそうですね。自宅でゆっくり休めば、そのうち思い出すかもしれない」

そうかもしれない。先生が間違ったことを言っているとは思わない。だが、見捨てられたような気持ちになってしまうのはどうしてだろう。

「機能的な記憶障害ですと、日常生活にも支障が出る。たとえば、このペンを見てもそれがなにかがわからない。食べ物を見ても、食べ物だと認識できない。あなたはそうではない。また、短期的にしか記憶を保持できないというわけでもない。昨日のこともちゃんと覚えているね」

「覚えています」

すべてがすべてとは言い切れないが、なにかを忘れて困ったり、思い出せなかったことはない。食事のメニューや訪れる看護師さんの顔や名前を、何度も記憶から引き出した。

退院するのが正しいのかもしれない。病院のベッドは数が限られているし、他に必要としている人がいるのだろう。

寒空にそのまま放り出されるわけではないのだし、これ以降、治療してもらえないわけでもないのだから、不安になる必要はない。

だが、もうしばらく病院にいられるような気がしていた。現実と向き合わなくてもいいような気がしていた。

「自宅の方がよく知っているものや、愛着のあるものに囲まれることになりますから、いい結果につながりますよ」

主治医の中には、わたしが入院を続けるという選択肢はないのだろう。わたしは頷いた。

「わかりました」


病室に帰ってきて、無意識にスマートフォンを見た。

シンヤに電話をしようとしてのことだったが、パスワードを思い出せないことを忘れていた。思い出せなくても、わたしの行動にはいくつかのパターンが刷《す》り込まれているような気がする。

首を回すくせ、何度もスマートフォンを見ようとするくせ、スリッパはいつも左足から履く。

飲み物の好みも少しわかる。コーヒーは好きではなくて、紅茶が好き。冷たいものよりもあたたかいものの方が好き。足先がいつも冷たい。

わたしは心でつぶやく。

こんにちは。三笠南、あなたのことをもっと教えて。

わたしはあなたのことをまったく知らないのだ。夫や妹や、他の友達よりも。たしかに、先生の言う通り、家に帰った方がいいのかもしれない。たった八ヶ月しか住んでいない家でも、行動のパターンは病院よりも深く刷り込まれているだろう。なにかの拍子にすべてを思い出すかもしれない。

シンヤから受け取った、彼の携帯番号のメモを引き出しから探し出して、病院の公衆電話からかけることにする。

呼び出し音が鳴っている間、少し不安になった。仕事中に電話をしても、出られない環境かもしれない。

数回の呼び出し音の後、相手が出た。

「あの……シンヤ……さん？」

「南？」

シンヤの声がした。たった二回会っただけのわたしの夫。

「なにかあったのか？」

「明後日、退院できるって。退院した方がいいって、先生が」

「明後日は木曜日じゃないか。俺は行けないけれど、大丈夫かい？」

返事に困る。わたしは自分の家も知らない。正直に言うと、少しも大丈夫ではない。

「土曜日にしてもらえないか？」

「わかった。先生に聞いてみる」

一瞬、電話の向こうで沈黙があった。

「公衆電話からだったから驚いた。スマートフォンは？」

「パスワードが思い出せないの」

「そうか……」

昨日、あれからいくつかのパスワードを試してみた。0000からはじまって、自宅の電話番号、携帯番号、わたしの誕生日。どれも当てはまらなかった。二度と解除できなくなりそうなので、それ以上試してみるのはやめた。

彼に教えてもらって、わたしの誕生日が二月十九日だということはわかった。誕生日がくるまでに記憶は戻っているだろうか。

彼が帰ってからラウンジに置いてあった女性誌で星占いのページを見た。魚座だった。魚座はどういう性格をしているのだろう。

まったく頭に浮かばないから、三笠南は星占いなどには興味を持たなかったのかもしれない。

電話を切ってから、爪に目をやる。形よく整えられたオーバルの爪にラベンダー色のネイルと小さなラインストーン。普段からこんなふうに整えているのだろうか。それとも、たまたま理由があって、ネイルサロンにでも行ったのか。

ちょうど看護師さんがやってきたので、退院を土曜日まで延ばしてもらえないかと頼んだ。

年配の看護師さんは、険しい顔になった。

「土曜日はスタッフが少ないので、退院は平日にお願いしているんですよ」

そう言われてしまうと、それ以上ごり押しすることができなかった。

もうひとつ、心のメモに書き込む。

三笠南は気が弱い。


夕食は、お粥ではなく、普通のごはんだった。

おかずは、蒸した白身魚や、軟らかく煮た野菜などのあっさりしたものだったが、重湯やお粥よりもずっと満足感がある。大した量ではないのに、食べ過ぎたと感じたほどだ。

もともと三笠南は小食なのか。それとも数日間で胃が小さくなっているのか。

ベッドから起き上がって、廊下に食器を下げに行く。病院での習慣にはかなり慣れた。

問題は、退院してからだ。

廊下に置かれたワゴンに食器を置いて、部屋に帰ろうとしたときだった。

廊下を背の高い女性が歩いてきた。ぴんと伸びた背筋と、タイトスカートから伸びたきれいな脚に目が吸い寄せられる。

この寒いのに、足下はストッキングだ。

彼女はわたしの横を通り過ぎ、少し行って立ち止まった。驚いた顔で振り返る。

「南さん？」

この人はわたしの知人だ。だが、どういう顔をしていいのかわからない。

スーツをちゃんと着こなしているのに、化粧はひどく薄い。していないのかもしれない。

年齢は、三十代半ばくらいだろうか。

接客業ではなく、研究職や学校の先生、そんな雰囲気《ふんいき》がある。

そんな想像だけしても仕方がない。わたしの頭の中は真っ白で、彼女を思い出しようがないのだ。

彼女は、わたしの見舞いにきたのだろうか。

つかつかと近づいてくる彼女に目を合わせられずに、うつむく。

「どうしたの？　南さん……」

「あの……わたし、頭を打ってから、いろいろ思い出せなくて……」

彼女の目が見開かれた。

「思い出せない？　わたしのことも？」

「ごめんなさい……」

そう言うからには、きっと身近な人だ。きっと気を悪くしただろう。

彼女は唇を閉じて、きゅっと口角をあげた。あからさまな作り笑いは、無表情よりも冷たく見えた。

ふいに思い出す。シンヤは、わたしが彼のことを思い出せなかったときも、驚きはしたが不快な顔はしなかった。ただ、悲しそうだった。

「ちょうどよかったじゃない」

「え……？」

「なにもかも忘れて、実家に帰っちゃえば？」

彼女はまるで嘲《あざけ》るようにそう言った。

どう答えていいのかわからない。わたしは彼女から悪意に満ちたことばをぶつけられるような覚えはない。

だが、同時に気づく。もしかすると、わたしは、彼女にそう言われても仕方がないことをしているのかもしれない。

「実家に帰るって……小雪のところにですか？」

彼女は眉間《みけん》に皺《しわ》を寄せた。

「小雪ちゃんは今は東京でしょう。あなたの実家は空き家になってて、売らなければならないって言ってたじゃない。ああ、それも忘れちゃったの?」

「すみません」

謝る必要などないような気もするが、自然に口がそう動いていた。

だが、少しずつわかってきた。友達や、親戚《しんせき》や上司ならば実家に帰れと言うはずはない。そう言える人は、シンヤの母と姉のどちらかだ。そして年齢を考えると母であるはずはない。

「ユミさん……」

「思い出した?」

シンヤの姉のユミ。思い出したわけではない。一昨日、シンヤから聞いた話を覚えているだけだ。

だが、なにもかも忘れてしまったように振る舞うよりは、覚えていることと覚えていないことがあるように、振る舞った方がいい気がした。

わたしがときどき思い出したり、覚えていることがあるようなふりをしていれば、簡単に嘘はつけないだろう。

ただ、たしかなことがひとつ。この人はわたしのことが嫌いだ。三笠南のことが。

傷ついたというより、どうだっていいような気がした。

わたしはこの人のことを知らないし、三笠南のこともよく知らない。

知らない人が知らない人のことを嫌っていたって、気にならない。

わたしは思い切って切り出した。

「木曜日に退院するように言われたんです」

ユミは眉《まゆ》をひそめた。

「シンヤは平日休めないでしょう」

「ええ、彼は土曜日にしてほしいと言っていたんですが、看護師さんに難しいと言われまして」

「何時？　午前中？」

「ごめんなさい。そこまではまだ……」

彼女は、ナースセンターまで歩いて行った。すぐに戻ってくる。

「午後までにベッドを空けてほしいらしいから、十時くらいに車で迎えにくるわ」

「迎えにきていただけるんですか？」

「仕方ないでしょう。シンヤはこられないし、タクシーで帰ってきてもいいけど、途中でなにかあったら心配だし、午前中ならわたしは動けるから」

もしかしたら、口と愛想は悪いけれど、冷たい人ではないのかもしれない。

「申し訳ありません。お願いします」

「悪いと思うなら、早く治って。それか、さっさと出て行って」

彼女は私の目を見て、そう言った。

取り繕《つくろ》わないでいてくれるのなら、まだいい。

この先、感情や本音を隠す人の前で、わたしはどう振る舞えばいいのだろう。


その日、シンヤがやってきたのは、消灯時間の一時間前だった。

面会時間はもう終わっているが、個室だからか、咎《とが》められることはなかった。

「今日、お義姉《ねえ》さんがきたよ。……たぶん」

ユミさんと呼んだときに否定しなかったし、退院のとき迎えにきてくれると言うのだから、間違いはないと思うが、シンヤに話した瞬間に不安になった。

「ああ、南のことを心配していたから、気になって仕事の合間にきたんだろう」

出て行けと言われた、と話せば、この善良そうな人はどんな反応をするのだろうと、意地悪く考える。まさか、姉がそんなことを言うはずはないと否定するのか、一緒に腹を立ててくれるのか。それとも姉のことをかばうのか。

その反応が見たい気もしたが、わたしには今、彼しか頼る人がいない。困らせるようなことはなるべく避けたい。致命的に失望してしまうようなことも。

ユミは、わたしのことを嫌っている。病院に運ばれてから、急に嫌いになるわけはないのだから、前からそうだったはずだ。

それでも、シンヤはわたしと姉の仲が良好だと言っていた。

シンヤがあまり他人同士の関係に興味を持たないのか、ユミが取り繕っていたのか、それとも最初は仲がよかったのに、どこかで決裂したのか。

どちらにせよ、この人の言うことを鵜呑《うの》みにするべきではない。

人間は、相手によって違う顔を見せるのだから。

「お義姉さんが、木曜日迎えにきてくれるって言ってた。看護師さんに頼んでみたけど、変更は難しいらしいから」

「そうか。それは助かる」

わたしのことが嫌いでも、まさかどこかに置き去りにするようなことはないだろう。

「お義姉さんって、お仕事なにをしているの？」

「近くで小学生向けの学習塾を経営して、自分も教えている。授業は夕方からのことが多いから、昼間は自由が利くんだ。母さんの病院の送り迎えなども姉さんがやっている」

「一緒に住んでいるってことは、結婚はしていないんだよね」

「ああ、二十代のとき、一度したが、離婚した。子供はいない」

質問ばかりしていると、個人的なことを詮索《せんさく》しているような気分になるが、それでも三笠南が知っていたことくらいは、知っておきたい。

わたしの頭に蓄《たくわ》えられた情報はほんの少しで、彼に尋ねるしかない。

ただ、どうやっても彼に尋ねられないことはある。

あの夢の中の男性はいったい、誰なのだろう。そして、わたしは本当にあなたを愛していたのだろうか。


また、夢を見た。

誰かがわたしに語りかけていた。

「あの子を信じちゃ駄目」

どこかで聞き覚えのある声だ。低く、それでいてよく通る女性の声。

「あの子は、嘘をつくことになんの抵抗もないし、罪悪感も持たないの。だからあの子の言うことを信じないで」

あの子とはいったい誰のことだろう。わたしはどこか遠くで、そんなふうに思っている。

「わたしにとっては大切な家族だから、あの子がどんな子でも大事に思っている。でも、あなたは違う。よその世界の人だわ。あの子に関《かか》わって、傷つく必要なんかない」

夢を見ているわたしは、なにもわからないまま話を聞いているのに、夢の中のわたしは怒っていた。

「わたしと彼を引き離したくて、そんなことを言うんじゃないですか？」

話している女性は、一瞬ことばに詰まった。わたしのことばが、核心を衝《つ》いたのは確かだった。

だが、彼女は取り繕ったりしなかった。

「そうね。それも間違ってないわ」

その反応は予想外のものだったのだろう。自分が動揺したのがわかった。

「わたしはあなたに関わってほしくない。それはあなたのためでもあるけど、わたしたちのためでもあるの。あなたにわたしたち家族を掻き回してほしくない」

ああ、わたしは拒絶されているのだ。

その感覚は、はじめてのものではない。失うこと、拒まれることは慣れっこだ。だが、引き下がることはできない。

彼はわたしを愛しているのだから。

そう思った瞬間、夢から現実に引き戻された。

わたしは、病院のベッドにたったひとりでいる。夜勤の看護師の足音が廊下を通り過ぎていった。

夢の中の三笠南は、今のわたしではなかった。

誰かを愛していて、話している相手が誰かをよく知っていた。貫き通したい意志も、大事な思い出も、彼女の中にちゃんと存在していた。

スマートフォンのパスワードが思い出せないのと同じで、わたしは夢の中でさえ、それに触れることができないのだ。


なにも思い出せないまま、木曜日がきた。

少なくとも、病院にいる間は、守られている気がした。一歩、外に出てしまえば、それも終わりだ。たとえ、通院で検査や治療を受けることができても、二十四時間保護されているわけではないのだ。

わたしは、まったく知らない世界に足を踏み出す。

家があり、家族もいるからひとりぼっちではない。だが、家族をどの程度信用していいのかは、自分でもわからない。

シンヤの言っていることがすべて嘘だったらどうしようかと、ときどき思う。だが、今、わたしは彼にすがるしかない。彼の保護を振り切って、行く場所もない。

だから、それは考えないようにする。

人は自分の記憶を物差しにして、すべてを判断する。

記憶がないことは、目隠しをして歩くのと少し似ている。

わたしは入院着から、昨夜、シンヤが持ってきてくれた洋服に着替えた。グレーのセーターとデニムのパンツ。ダウンコート。ブラジャーと、半袖《はんそで》のインナーや靴下もちゃんと入っている。

「姉さんに選んでもらった。俺は女性の服のことはわからないから」

シンヤは正直にそう言った。

服を着ると、入院中着ていた下着類を紙袋に入れた。それでもう支度は終わりだ。

ベッドに腰を下ろして、ひと息ついたとき、ドアがノックされた。

ユミがドアを開けて入ってくる。ちょうど十時半だ。

「支払いはもう済ませたから、行きましょう」

そう言われるまで、わたしの頭からは入院代を払うという考えが完全に抜け落ちていた。

記憶を失っているからか、それとももともとうっかりしているのか。

ひとりで帰ることにならなくてよかったと思う。

彼女が乗っているのは、オレンジ色の可愛《かわい》らしい軽自動車だった。助手席のドアを開けてくれたので、隣に乗る。

「どう？　少しは思い出した？」

彼女は車を動かしながらそう尋ねた。彼女の手元をじっと見ていて、返事が遅れた。

「まだ、全然駄目なの？」

「いえ、思い出すこともあるんですけど、なんだか不確かで……」

彼女の手に注目していたのは、三笠南は車の運転をするのだろうかと考えていたせいだ。なにも思い出せない。たとえ、免許を持っていたとしても運転しない方がいいだろう。

「お義母《かあ》さんはいかがですか？　お加減は……」

適当なところに網を投げる。本当は、義母の顔すら覚えていない。だが、ユミは母親を病院に送り迎えしていると、シンヤが言っていた。だから、持病を抱えているのではないかと思ったのだ。

「あまりよくはないわね。薬は効いているみたいだけど、進行を抑えるくらいしかできないし、劇的に改善されるってことはないから……」

彼女の返事からは、どんな病気かはわからない。想像をめぐらせていると、ユミの方から尋ねてきた。

「お母さんが病院に行っていたことは思い出したの？」

「なんとなく……でも病気の内容までは」

ユミはかすかに口角をあげた。

「認知症。軽度ではあるけどね。もう六十五歳だから、若すぎるというわけではないけど、それでも発症するには若いわね。いろいろストレスもあったんだろうけど」

わたしはどう答えていいのかわからず、彼女の顔だけを見た。

ユミはハンドルを切りながら言った。

「つまり、うちの家にはふたり、記憶に問題を抱えた人間がいるってこと」


退院した方がいい結果が出ると言った、主治医のことばの意味はすぐにわかった。

情報量がまったく違うのだ。

景色を眺めているだけで、情報が雪崩《なだれ》のように押し寄せてくる。わたしは、それを処理できずに、ぽかんと口を開けて見つめていることしかできない。

わたしたちが住んでいるのは大阪の郊外で、団地や低層マンションや、一戸建ての並ぶ、住宅街だ。いわゆる、ベッドタウンという街だろう。

古い団地などもあるが、住宅街にある一軒家はどれも大きく、手入れが行き届いていて、それなりに地価が高いのだろうということは、想像がついた。

わたしは、夢で見た小さな家を思い出した。

長屋やテラスハウスと呼ばれるような古い小さな家。築四十年どころではなさそうだった。

あそこで育ったのだとしたら、この近辺の雰囲気にはなかなか馴染《なじ》めなかったのではないだろうか。

ユミは、角地にある一戸建ての前で車を停車させて、リモコンでガレージのシャッターを開けた。

慣れた様子で、ガレージに車を入れた。ガレージにはもうひとつ、白いセダンがあった。シンヤの車だろうか。

ユミが車を降りたから、わたしも荷物を持って降りる。

車を降りて、まじまじと家を見た。もし、なにも知らずにこの家を見たのなら、お金持ちが住む家だ、と思っただろう。

白い外壁も美しく、きちんと手入れされていることがわかる。家そのものはそれほど大きくはないが、敷地が広く、二階には広いルーフバルコニーが見えた。

ユミが鍵《かぎ》を開けて、玄関のドアを開いた。靴を脱いで、さっさと家に上がる。わたしは他人の家に入るように戸惑いながら、靴を脱いでスリッパを履いた。

玄関脇のドアを開けたユミが、小さく舌打ちをした。

「母さん寝てるわ。夜、寝られなくなるから、あんまり昼寝してほしくないんだけど」

それからわたしの方を向いて言う。

「わたし、すぐに仕事に行かなきゃ。覚えてる？　南さんの部屋は二階。トイレは二階にもあるけど、キッチンやバスルームは一階にしかないから、それは好きに使って。シンヤは、今日は残業せずに帰るって言ってたから、食事とかはシンヤが帰ってきてから相談して。お昼は適当に冷蔵庫のもので済ませればいいから」

そう言うと、もうひとつのドアを開けて部屋に入ってしまった。

廊下のつきあたりにリビングらしき部屋が見えたが、カーテンは閉まっていて暗い。

わたしは階段を上がって、二階へと向かった。

二階には、ドアが三つあった。いちばん手前のドアを開けるとダブルベッドがあった。どきりとした。備え付けのクローゼットと、ダブルベッドがあるだけの部屋は、あきらかに夫婦の寝室だ。

三笠南は、ここでシンヤと眠っていたのだろうか。抱き合っていたのだろうか。自分のことだとはまったく思えない。

彼に求められたら、応《こた》えなくてはならないのだろうか。拒めば、気を悪くするだろうか。

戻ってこなければよかった、と思ってしまった。

シンヤのことは頼りにしているが、好きかと聞かれると答えに困る。

憂鬱《ゆううつ》な気分になりながら、ドアを閉めた。

次のドアを開けると、机と本棚だけの部屋がある。本棚には本と、船のプラモデルが並んでいた。ここがわたしの部屋だとすると、おもしろいが、たぶん違うだろう。

もうひとつあるドアを開ける。

そこも本棚とライティングデスクのある部屋だ。窓際にはモノトーンのクッションが並んだデイベッドがある。

ピンクやパステルカラーで彩られているわけではないが、ひと目でわかった。ここがわたしの部屋だ。

デイベッドの上に腰掛けると、張り詰めていた神経がほぐれるような気がした。ライティングデスクの椅子にかけてある毛布を手にとって、デイベッドに横たわる。

クローゼットや引き出しを探してみれば、三笠南についての情報がいろいろ見つかるかもしれない。だが、急ぐ必要はない。今は少し休みたかった。

デイベッドに横向きになり、正面の本棚を眺めていると、あることに気づいた。

本棚の四段目に、少し不自然なスペースがあった。そこ以外はぎっしり本が並べられているのに、そこだけ空間があるのだ。

わたしは、一度ベッドから起き上がった。その空間に近づく。

どうやら、三笠南はマメに掃除をするタイプではなかったようで、本棚にはうっすらと埃《ほこり》がたまっているのに、その空間には埃はない。

そこに、なにかがあったのだ。そこにあったものが片付けられたか、捨てられた。

三笠南か、それとも違う誰かの手によってかはわからない。だが、そこに大事なものがあったような気がして仕方ないのだ。

空間を目に焼き付けてから、まぶたを閉じる。

本棚の残像がまぶたに残る。そこには磁器でできたカエルの人形があった。

今見ていたものを思い出すように、はっきりと思い出せる。ピンクのクッションの上にカエルがのっている。カエルの頭には小さな王冠が輝いている。カエルの王子様だ。

目を開けると、それはどこにもない。無駄な空間があるだけだ。

妄想《もうそう》ではないと、はっきり言い切れる。妄想ならば、細かいディテールまで思い描くことはできないはずだ。

カエルの王子様はどこに消えたのだろう。


シンヤが帰ってきたのは、夜の七時頃だった。

一階に下りてリビングダイニングに向かうと、年配の女性がソファに座っていた。膝《ひざ》の上には猫のぬいぐるみがのっていて、それをただ撫《な》でている。

彼女は、わたしと目が合うと首を傾《かし》げて、にっこりと笑った。

「南ちゃん、もう実家から帰ってきたの？」

「え？」

わたしがなにか言う前に、シンヤが肘《ひじ》でわたしを軽く突《つつ》いた。その合図でわかった。

認知症である義母によけいな心配をかけないように、嘘を教えたのだろう。もしくは、子供たちが本当のことを話したのに、彼女が勝手に誤解して、そう思い込んだのか。

急に肌寒さを感じた。

彼女が認知症でなければ、嘘を教えたり、間違えたことを訂正しないということはないだろう。だが、認知症ならば別に気にしない。どうせ忘れてしまうのだからと侮《あなど》って。もしかすると、わたしに対しても同じようなことを考える人はいるかもしれない。

シンヤはわたしに微笑みかけた。

「弁当を買ってきたから、夕食にしよう」

四人がけのダイニングテーブルに、三人で座って、持ち帰りの弁当を食べた。冷めた揚げ物と言い訳のように添えられたちょっぴりのおひたし。

普段からこんな弁当を食べているのか。それともこんなことになる前は、わたしが食事を作っていたのだろうか。

思い切って、気になっていたことを尋ねてみることにした。

「ねえ、シンヤ」

「なに？」

箸《はし》をとめて、彼はわたしを見た。

「わたしの部屋に、カエルの王子様の人形がなかった？」

一瞬、彼の顔が強《こわ》ばった気がした。

義母が話し始める。

「ああ、カエルの王子様でしょ。あれはね……」

「母さんには関係ないから」

シンヤは、ぴしゃりと母親を黙らせた。それからわたしの方を向く。

「姉さんがなにか言ったのか」

「ううん、違う。そんな気がしただけ」

彼は、わたしの目を見て、言い聞かせるようにゆっくりと話した。

「南。カエルの人形なんて、きみは持っていなかった。なにかの勘違いだ。その証拠に、きみの部屋には、他に人形も置物もないだろう。きみはそういうものは好きじゃなかったんだ」

彼は嘘をついている。もし、本当に見たことがないのなら、こんなにはっきりと断言できるだろうか。

「なかったと思うけれど」とか「そんなのは見たことがない」というような返答になるのではないだろうか。

あることは断言できても、見たことがないものを、ないと断言することは難しい。わたしの質問からは大きさもわからない。ごく小さな人形かもしれないのだ。

わたしは彼の嘘を信じ込んだふりをした。

「そう。だったら勘違いだね」

そう言って、冷たいコロッケを口に運んだ。

彼は嘘をついている。唯一《ゆいいつ》の救いは、嘘が下手だということだ。


夜、わたしは自室で本棚を眺めていた。

三笠南は、本が好きだったのだろう。並んでいるのは、聞いたことのない海外文学や、写真集だった。自分のことなのに、なんだか少しも自分のものらしくない。

手前にあった小説を開いてみたが、目は文字の上を上滑りするばかりだった。

記憶が戻れば、また好きになるのだろうか。そう思いながら、大判の写真集に手を伸ばす。南極の壮大な自然を写した、モノクロームの写真が目に飛び込んできた。

夢中になってしばらくページをめくった。

セバスチャン・サルガド。表紙で写真家の名前を確認する。南米の写真家らしい。

写真は現実を切り取ったもののはずなのに、この人の写真は、まるでこの世には存在しないもののように幻想的に見える。

荒々しく、残酷で、美しい。

急にドアがノックされた。わたしははっと振り返った。

「南、寝てる？」

シンヤの声だった。写真集を閉じて立ち上がる。

返事をする前にドアが開いた。そのことに不快感を覚えた。わかっている。わたしたちは夫婦なのだ。部屋のドアを開けていけないはずはない。

「風呂を沸かしたけど、先に入るか？」

「お義母さんは？」

「母さんは、どっちにせよ、ヘルパーさんがきたときに入るから気にしなくていい。姉さんもまだ帰ってきてないし」

「じゃあ、シンヤ、先に入って。わたしは後でいい」

「そうか。じゃあお先」

ドアが閉められると、少しほっとする。風呂に入って、わたしは彼と同じベッドで眠るのだろうか。

部屋の窓際に置かれたデイベッドに目をやる。ここで眠れたら、ずいぶん気楽なのに。クッションが置かれているから、ソファとして使われていたのだろうが、シーツを敷いて掛け布団をかければ、充分快適そうだ。

まさか、今晩からセックスを求められるようなことはないと思う。だが、同じベッドで眠ることも気詰まりだと言えば、彼は傷つくだろうか。

少し喉《のど》が渇いた。

わたしは水を飲むために、部屋を出て、リビングへと向かった。

バスルームからは水音が聞こえてくる。シンヤが入っているのだろう。キッチンの水切りかごに伏せられたグラスを取って、水道水を飲んだ。

玄関の鍵が回る音がした。不意打ちで驚かされたかのように、身体がびくっと震えた。

すぐに気づく。ユミが帰ってきたのだ。

玄関のドアが開くと同時に、ユミの声がした。

「疲れた」

独り言なのだろう。スリッパの音がリビングに近づいてくる。

ユミは、鞄をソファに投げ出して、コートをコート掛けにかけた。ちらりとわたしの方を見る。

「ゆっくり休めた？　シンヤは？」

「シンヤさんはお風呂です。おかげ様でゆっくりできました」

それは嘘ではない。ユミが病院まで迎えにきてくれたことも感謝している。

彼女は、スーツを着たまま、ソファに座り込んだ。

「悪いけど、冷蔵庫からビール取ってくれる？　立ってるものは、親でも使えって言うし」

わたしはくすりと笑って、冷蔵庫から缶ビールを一本取り出して、ユミに渡した。冷蔵庫にはあと一本缶ビールが入っていた。

「お食事は？」

「夜は、いつも職場で食べるの。帰ってから食べたら遅くなるから」

ユミは、プルタブを引くと、おいしそうにビールを飲んだ。わたしはキッチンに戻ると、パントリーを開けて、缶ビールを二本冷蔵庫に補充した。

冷蔵庫を閉めてから、わたしは凍り付いた。

今、無意識にとった行動はなんだったのだろう。パントリーの場所も、そこに缶ビールの買い置きがあることも頭では覚えていないのに、身体が勝手に動いていた。

冷蔵庫の缶ビールはまだ一本残っていたのに、補充しなければと思ってしまった。ユミが毎晩二本飲むのか、それともシンヤとユミが一本ずつ飲むのか。

ユミはわたしが動揺していることに気づいていないようだった。

思い切って、尋ねてみた。

「ユミさん、わたしの部屋にカエルの人形があったの、覚えてませんか？」

ビールを口に運びかけたユミの手が止まった。

「さあ？　知らないわ。二階に上がることなんて、めったにないもの」

　この人は、シンヤと違って、簡単に嘘かどうかを悟らせない。

「で、カエルの人形がどうかしたの？」

「あったことを覚えているんです。でも、見当たらないし、シンヤさんもそんなものなかったって言うから、すごく不安になって……」

「シンヤは、あんまり細かいことに気が付くような人じゃないからね。カエルの人形なんてあっても目に入ってないわよ」

　だが、彼は「あったかどうか覚えていない」ではなく、「なかった」と言ったのだ。はっきりとそう断言した。

　自分の見たものだけを信じ込む人なのだろうか。あまりそう考えたくはない。

　彼はわたしにカエルの人形が存在しなかったと思わせたがっている。だが、そのせいで、わたしはその存在を確信しているのだ。

　こんなになにもかもが不確かなのに、ここに存在しないものがあったと信じ込むなんて愚かだろうか。だが、わずかに信じられるものを捨て去ってしまえば、わたしなど存在しないのと同じだ。

　ユミは、オットマンに足をのせてわたしを見上げた。

「あったことは覚えているの？」

「覚えています」

ただの妄想や記憶違いだとは思えない。

「でも、それがいつあったかはわからないんでしょう。自分で落として壊してしまったかもしれないし、誰かにあげてしまったのかもしれないよね」

そのことばを聞いた瞬間、背筋が冷えた。

わたしは、カエルの人形としか言っていないのに、彼女は「落として壊した」と言った。

たしかに、記憶にあるカエルは磁器でできたもので、落とすと割れてしまうだろう。

だが、カエルの人形と言っても、磁器や陶器でできたものとは限らない。木でできたものもあるし、樹脂でできたものも、ぬいぐるみもある。

彼女も、カエルの王子様の人形を見たことがあるのだろうか。

問い詰めたところで答えてくれるとも思えない。それに、彼女の言うことは正しい。

わずかに残った記憶は信じられても、空白の部分でなにがあったかはわからない。

もしかすると、カエルの王子様があったのは、ずいぶん前のことで、すでに捨ててしまうか、誰かにあげてしまうかしたのかもしれない。

だから、シンヤは「そんなものはなかった」と断言したのかもしれない。

風呂場のドアが開く音がした。彼が風呂から出てきたのだろう。

バスローブを着た彼がキッチンにやってきた。戸惑ったような顔で、わたしとユミを見比べる。なにも言わずに、冷蔵庫を開けて、缶ビールを一本取り出した。

ユミも立ち上がって、自室に戻っていった。自室のドアを閉めるときに、ユミは言った。

「わたしはこれから明日の準備があるから、お風呂、先に入っててね」

「ありがとうございます」

わたしのことばの途中で、ドアが閉まった。

シンヤは、缶ビールを持ったまま椅子に座った。

「風呂、入ってくるといいよ。俺は先に寝ているから」

やはり、わたしは彼と眠らなければならないのだろうか。作り笑顔のまま、わたしは頷いた。


風呂の準備さえも困ることばかりだった。

どのバスタオルを使えばいいのか、どの歯ブラシがわたし用なのか、なにもわからない。洗面所でまごついていると、廊下にユミが立っていた。

「あなたたち夫婦のタオルは上の棚ね、それから歯ブラシは、そのオレンジの。シャンプーとコンディショナーはラベンダーの香りのが、あなたのだから。まあ、別にシャンプーやタオルくらいは間違えたっていいけど」

「すみません。助かります」

「早く思い出してよね。お母さんだけで大変なんだから」

そう言って、さっさと立ち去る。彼女が苛立《いらだ》ちを隠そうともしないことに、少し傷つきながらも、自分に言い聞かせる。

表向きだけ優しくされるよりも、ずっとマシだ。それに彼女は行動ではわたしを助けてくれる。わたしが困っているのを放置しているわけではない。

服を脱いで、風呂に入る。清潔で、広いバスルームだった。ところどころに手すりがあるのは、義母のためだろう。

わたしはシャワーで髪を濡らしながら考える。たぶん、わたしが育った家の風呂場は、ここととまるで違ったのだろう。

広い、と思うのは、狭い風呂場を知っているからだ。


風呂から出て、パジャマを着る。髪を乾かしてから、わたしは二階に戻った。自室に戻りたい気持ちを押し殺して、ベッドルームのドアを開ける。

もし、シンヤが眠っていたら毛布をもう一枚もらって、自分の部屋で寝よう。あとで「起こしてしまいそうだったから」と言い訳すればいい。

だが、彼は寝息を立ててはいなかった。

「なにも問題はなかった?」

ベッドに横たわったまま、そう聞かれた。

「ええ、大丈夫」

わたしは戸惑いながらも、覚悟を決めた。

身体に手を伸ばしてきたら、拒めばいい。そのくらいならば許されるだろう。

ダブルベッドの羽根布団を持ち上げてベッドの中に身体を滑り込ませる。

敷き毛布の長い毛足が、あたたかくわたしを包み込んだ。病院の冷たいベッドとは違う。

「おやすみ」

「おやすみなさい」

挨拶《あいさつ》の後、彼はすぐに寝息を立て始めた。そのことにほっとしながらも、わたしはずっと眠れずに、天井を見つめ続けていた。


また彼の夢を見た。前髪の長い美しい人。

夢の中でわたしは彼の隣で、横たわっていた。

遥《はる》か先までシーツの平原が広がっている。地平線の先まで続くシーツ。

まるで、世界にわたしと彼しかいないようだ、と思う。

彼は眠っている。わたしはその顔をのぞき込む。その顔を自分の記憶に刻み込もうとする。

これが夢だということはなんとなく、気づいていた。彼は夢でしか会えない人だ。

胸が痛い。彼がどんな人かわからないのに、彼の肉の薄い顔を見ていると心に直接触れられたような気がする。

シンヤの顔を見ても、こんな気持ちなど湧いてこないのに。

現実では居場所を見つけられないのに、彼の隣にいれば心が安らぐ。ここが自分の居場所だと信じられる。

ふと、彼が目を覚ました。わたしの方を向いて柔らかく微笑む。笑うと口許《くちもと》が少し歪んで、そこがたまらなく魅力的だ。

「ぼくの顔を見ていたの？」

「忘れたくないの……」

現実では会えない人だから、その顔を頭に焼き付けたい。

彼は微笑む。

「きみは、ぼくを忘れたりしないよ」

微笑みかけられた幸福感と、寂しさが同時にやってくる。

わたしはあなたを思い出せないのだ。

アラームの音で、わたしは目を覚ました。

目を開けると、シンヤがベッドから身体を起こして、アラームを止めていた。

「ごめん、起こした？」

答えられなかった。夢から覚めたのではなく、大事な場所から引きずり出されたような気がしていた。

ここはわたしがいるべき場所ではない。戻りたい。今すぐあの場所に。

「昨夜、眠れなかったんだろう。ゆっくり休めばいいから」

彼はそう言って、ベッドを出た。優しく気遣われているのに、少しもうれしいと思えなかった。

わたしはここにいるべきではない。わたしはシンヤを愛してはいないのだから。

だが、愛していないのに、なぜわたしはここにいて、彼と結婚しているのか。

それとも、あれは本当にただの夢でしかないのか。あちらの方が自分の居場所だと感じてしまうのは錯覚なのだろうか。

わたしが答えなかったからだろうか。シンヤは、わたしの顔をのぞき込んだ。

「具合が悪いのか。顔色がよくない」

わたしは作り笑いを浮かべた。

「大丈夫」

もう一度眠れば、あの夢の中に戻れるだろうか。


寝室にひとりになったとたんに深い睡魔に襲われ、わたしはぐっすりと眠った。

次に目覚めたときには、十一時半を過ぎていた。夢はもう見なかった。

自室でパジャマを着替えて、階下に下りると、ユミが庭で洗濯物を干していた。

「すみません。手伝います」

「別にいいわよ。もうすぐ終わるから」

彼女は振り返りもせずに、そっけなく言った。

「午後からヘルパーさんがくるから。別になにも手伝うことはないと思うけど、一応伝えておくわ」

「すみません」

そう言うと、ユミは振り返った。

「なぜ、謝るの?」

自分でもうまく説明できない。

「なにもお役に立てなくて……」

「別に、なにも期待していないから平気よ」

意地悪で言われたのか、そうでないのかわからない。期待されていないと知ることは、少し寂しいが、気楽でもある。

ユミは、すべての洗濯物を干し終わると、サンダルを脱いで部屋に上がった。

「あと、夕方には取り込んでおいてくれる？　そのくらいならできるでしょう」

「はい……」

三笠南はほとんど家事をやっていなかったのだろうか。それを尋ねるのも妙な気がした。

ユミは足を止めて、じっとわたしの顔を見た。

「労働力としての嫁を期待しているほど、古い家じゃないの。シンヤがあなたのことを好きだから、この家にいていいというだけ。あなたが出て行きたければ、離婚届に判を押してさっさと出ていけばいい。あなたには好きにする権利がある」

またた。突き放されているのか、優しいのかよくわからないことばだ。

胸がざわつくのは、心を見透かされているような気がするからだ。

一瞬、彼女に聞きたいと思った。

（あなたは、わたしがシンヤを愛していないことを知っているのですか？）

だが、聞くことなどできない。それはここにいる限り、わたしが隠し通さなくてはならない秘密だ。

そもそも、夢の中のあの男性が実在しているかどうかもわからない。もう別れたのかもしれない。この世にいないのかもしれない。

そう考えた瞬間、涙が急にあふれた。

ユミは驚いた顔をしたが、そのまま声もかけずに立ち去った。


トーストとコーヒーとサラダという軽い昼食を終えると、することがない。

掃除機くらいかけようかと思ったが、どこに掃除機をしまっているのかもわからない。

ふと、思い立って郵便物を取りに行った。

郵便受けにはいくつかのダイレクトメールや他の郵便物が入っていた。残念ながら、三笠南宛てのものはなにもなかった。

三笠慎也《しんや》、三笠祐未《ゆみ》宛てのものだけだ。ふたりの名前の漢字はわかったが、それだけだ。

ぼんやりとリビングのソファに座って、テレビを眺める。

芸能人の顔も、名前もどれも見覚えがない。リモコンで番組を切り替えながら、いくつかの情報番組やニュースを見てみたが、なぜか苦痛が大きくて消してしまった。

郵便物をテーブルの上に置いて、二階の自室に戻る。

ドアを閉めると、ようやく息がつけるような気がした。この部屋のことも覚えていないが、身体の反応で、ここが自室なのだと理解する。

あとは、記憶をたぐり寄せられるものがなにか見つかればいい。

まずは、ライティングデスクの中を調べる。絵はがきや、年賀状の入った引き出しを見つけて、一瞬気持ちが上向きになったが、どの名前にも心当たりはない。添え書きから想像するに、高校か大学の友達か。どれも女性名で、どこかそっけない。それほど深い交流はなさそうだ。

次に、小雪からきた絵はがきを見つけた。小雪は旅行好きのようだった。韮沢《にらさわ》小雪と書かれているから、わたしの旧姓も韮沢なのかもしれない。

韮沢南と、口でつぶやいてみる。三笠よりはしっくりくる気がした。バスの停留所っぽさが薄れている。

長野、沖縄、北海道。小雪はいろんな街から絵はがきを送ってくれている。そのうちの一枚、北京《ペキン》から届いた絵はがきの住所と宛名だけが、他と違った。

大阪市内で、宛名も韮沢南様になっている。つまり、この絵はがきは結婚前に届いたものだ。

他にも結婚前に届いたようなものはないか探してみたが、見当たらない。家を出るときに処分したのかもしれない。

手紙のようなものはなかった。スマートフォンのパスワードさえわかれば、メールが読めるかもしれないのに。

思うようなものが見つからず、苛立ちはじめている自分に気づいた。たぶん、わたしは夢で見た彼につながる手がかりを探しているのだ。

自分のことよりも、彼のことが知りたいと思っている。

その気持ちを追い払う。もしかすると、単に憧《あこが》れていた俳優や、片思いをしていた相手かもしれないのだ。

やはり、小雪と話をした方がいいのかもしれない。

小雪の電話番号なら、慎也が知っているだろう。心配をかけたくないと思ったが、やはり彼女に電話をするか、会うかするのが手っ取り早い。

文具の入った引き出しや、スマートフォンやクレジットカードの明細が入った引き出しを探し終わり、もう一度本棚の前に立つ。

無意識のうちに、英和辞典に手を伸ばしていた。辞書を箱から出すと、一枚の写真がはらはらと床に落ちた。

手を伸ばして拾い上げたわたしは、息を呑んだ。

夢の中にいた男性が、わたしと一緒に写っていた。

指先が震えた。彼は実在している。

インターフォンが鳴った。あわてて、写真をもう一度英和辞典の間に挟み込み、階段を下りる。

ドアを開けると、ヘルパーさんらしき女性がふたり立っていた。

「こんにちはー、くすのきケアから参りました」

どうぞと通すと、彼女たちは慣れた様子で、義母の部屋に入っていった。もう一度二階に戻りたいと思ったが、なんとなくそれも素っ気ない気がして、リビングのソファに腰を下ろした。

先ほどの写真のことしか考えられない。

彼は夢の中にだけ存在する人ではない。わたしの知り合いだ。恋人なのかどうかはわからないけれど、わたしは彼を愛している。

三笠南という存在は、他人のように馴染みが薄いのに、その感情だけが鮮やかで確かだった。

彼とわたしは、どうなったのか。別れたからこそ、慎也と結婚することになったのか。それとも、ただわたしが好きだったというだけで、彼はわたしのことを愛してはいなかったのか。

昨日の夢を思い出す。

あの夢が、現実の場面を巻き戻したものならば、わたしと彼の間になにかがあったことは間違いない。だが、夢なんてもともと現実とはかけ離れたものだ。この感情は信じられても、夢の記憶を信じることはできない。

やはり、小雪に連絡を取ってみよう。わたしはそう決心した。

仲のいい妹ならば、過去の恋人のことも話しているかもしれない。


夕方、夕食を作るべきかと思って、冷蔵庫を開けてみた。

人参《にんじん》やピーマンなどの少しの野菜と、味噌《みそ》や醤油《しょうゆ》などはあったから、自炊をまったくしていないというわけではなさそうだが、なにを作っていいのか、皆目見当がつかない。もともと料理などしないのか、それとも記憶と一緒に料理の仕方も忘れてしまったのか。

それなのに、夕食を作るべきだろうかという義務感だけが残っているのが不思議だった。

買い物に行かないとなにも作れそうにないが、どこに買い物に行けばいいのかもわからない。

明日は土曜日だから、慎也は家にいるだろうか。

ちょうど、病院で目覚めてから、明日で一週間になる。わたしの頭の中には、一週間分の記憶しか詰まっていない。三笠南は一週間しか生きていない。

夢の中の感情がこんなにも鮮明でなければよかったのに。

そうすれば、記憶が戻るのを待ちながら、この日常を受け入れることもできただろう。

リビングの電話が鳴った。

わたしは何秒か、立ち尽くした。自分に電話を取る権利などないような気がした。客として訪れた家で、鳴る電話を聞いているような感覚。

すぐに、慎也か祐未かもしれないと気づいて、電話に手を伸ばす。

「はい」

「南?」

慎也の声だった。

「夕食、また買って帰るけど、なにか食べたいものはあるか?」

「わたしは特にないけど、お義母さんに聞いてみようか?」

ヘルパーさんの介助で入浴した後、疲れたのか義母は眠った。もう起きているかもしれない。

「いや、母さんが好きなものはわかってるからいい。南は?」

「わたしはなんでも大丈夫」

本当は、昨日のような弁当はあまり食べたくないと思ったが、それを口に出すことは難しかった。

「わかった。七時までには帰る」

「あっ、ちょっと待って」

電話が切られそうだったので、あわてて止める。

「どうかした？」

「小雪の電話番号ってわかる？」

「小雪ちゃんの？　わかるけど、帰ってからでいいだろう」

「今聞けたらうれしいんだけど」

慎也や祐未がいる状態では、小雪に聞きにくいこともある。

「わかった。すぐにかけ直す」

電話が切れたので、わたしはメモ用紙を探した。幸い、電話機の置いてある整理だんすの引き出しにメモ帳とボールペンが入っていた。

また電話が鳴った。受話器を取ると、慎也の声がした。

「いいか。電話番号言うよ」

言われた通りメモを取る。

「ありがとう」

これで、小雪と話ができる。電話を切ろうとしたとき、慎也が言った。

「俺が聞いていると、話しにくいことでもあるのか？」

受話器を握りしめたまま、凍り付く。

彼は、それ以上なにも言わずに、電話を切った。

はじめて、彼を怖いと思った。


呼び出し音が続く。

教えてもらったのは、たぶん携帯電話の番号だ。小雪が、わたしの電話に出てくれるように祈る。

「はい」

少し不審そうな女性の声がした。その声を聞いただけで、胸が熱くなる。

「小雪?」

「あ、お姉ちゃん?　どうしたの。家からだからびっくりした」

普段はスマートフォンからかけているのだろう。

「あのね。びっくりしないで聞いてほしいんだけど」

「なに?」

「わたし、先週、階段から落ちて頭を打って……」

「うん、心配してた。大丈夫なの?」

「今、話せているくらいだから、大丈夫。精密検査もしてもらったし」

「そうなんだ。よかった」

　小さな反応、ひとつひとつに愛情が感じられて、心の底からほっとする。会いたいと思った。だが、彼女は今、近くにいない。

「でも、いろんなことが思い出せなくなってしまったの。お医者さんは時間が経ったら治るかもしれないって言ってるんだけど」

「それ、全然大丈夫じゃないでしょ！」

　怒ったような声がそう言う。

「うん、でも、本当にそれ以外は大丈夫」

　いや、小雪の言う通り、大丈夫ではないのかもしれない。小雪の声を聞いていると、これまで抑え込んでいた不安が爆発しそうだ。

「ところどころは、覚えてる。小雪のことも……ほら、昔住んでた長屋みたいな家のことも……」

「昔って、少し前まで住んでたじゃない。今は空き家になってるけど」

　時間の感覚が曖昧《あいまい》なのは、過去の記憶がすっぽり抜け落ちているからかもしれない。

「本当に大丈夫？　明日会いに行ってもいい？」

　小雪は少し強い口調で言った。

「でも、東京なんでしょう？」

「そうだけど、新幹線で二時間半だもの。実家に泊まればいいし」

会いたい。わたしは受話器をきつく握った。

小雪に話を聞けば、いろんなことを思い出すかもしれない。

「電話は家にかけた方がいいの？　携帯電話は？」

「パスワードロックがかかっているの」

「慎也さんの誕生日って聞いたよ」

「え？」

「慎也さんの誕生日を暗証番号にしたって、だいぶ前に聞いた。それから機種変更したか、パスワード変更したかまでは知らないけど……」

「だいぶ前ってどのくらい？」

「うーん、二年前くらい？」

ではは、その頃からわたしは慎也とつきあっていたのだろうか。自分のことだとは少しも思えない。

「じゃあ、明日、行く。直接家に行っていい？」

「いいけど、できたら家族のいないところで話したいの」

「じゃあ、そこから一緒に出かけようよ」

涙が出そうだった。ずっと、泣きたいのを堪《こら》えていたような気がした。

「ひとつだけ今教えて？」

「なに？」

「慎也の前に、わたしには恋人がいた？」

「大学のときにはいたって聞いたことがあるけど……でも、たしかすぐに別れたような」

「その人のことをずっと好きだったとか……？」

「まさか！　ないない。だって、一、二ヶ月で別れたんだよ。そのあと、その人の話なんて全然聞かないし、名前も覚えてないよ」

「じゃあ、そのあと、わたしが好きだった人って」

「わたしは、慎也さんしか知らない。お姉ちゃん、慎也さんにベタ惚れだったもん」

自分のことを言われているようには思えない。

では、あの夢の中の男性は、いったい誰なのだろう。

「じゃあ、今、移動中だから電話切るね。明日、新大阪に着いたらまたかけようか？」

「うん、お願い」

電話が切れた後も、わたしはしばらく電子音を聞き続けていた。

大きな収穫は、パスワードのヒントがわかったことだ。あとは、慎也が帰ってきてから、誕生日を聞けばいい。

ふいに、あることに気づいた。

もし、わたしのスマートフォンのパスワードが、慎也の誕生日ならば、彼は簡単にわたしのスマートフォンを見ることができるのではないだろうか。見るだけではなく、操作することも。

胸がざわつく。

そんなはずはない。人の携帯を見ようなんて考えない人の方が多いだろう。

だが、中のデータを削除されていても、今のわたしにはそれがわからないのだ。

慎也が帰ってきたのは、八時を過ぎた頃だった。

わたしは、義母と一緒にテレビを見ていた。

義母の話は、わたしの知らない親戚や近所の人たちのうわさ話ばかりだったが、わからないなりに、相づちを打って聞くことならできた。話を聞いている限りは、認知症が進んでいるようにも思えなかったが、ときどき、わたしのことをミキちゃんと呼び、またその数分後には、高橋《たかはし》さんと呼んだりした。

何度も玄関に人がいると言って、わたしが見に行く羽目になるのは閉口したが、ただ、それだけだ。

わたしには他に仕事もない。やりたいことも頭に浮かばない。そのくらいで彼女が安心するのならそれでいい。

だが、正直、慎也が帰ってきたときには少しほっとした。誰かとふたりきりでいるのは、気詰まりだ。三笠南はあまり社交的なタイプではないようだ。

「遅くなってごめん」

そのことばと一緒に、食卓に置かれたのは、昨日と同じ弁当だった。

期待していたわけではないが、まさかまったく同じものだとは思わなかった。これまでもこんな食生活だったのだろうか。

お茶を淹《い》れて、食事をはじめる。

冷めた揚げ物を、黙々と口に運ぶ。空腹だから食べられるというだけで、おいしいとは感じない。義母もあまり食が進まないようだった。こんな揚げ物ばかりの弁当よりも、もう少しあっさりしたものがいいのではないだろうか。

昼は、祐未があたたかい蕎麦《そば》を作って、彼女に食べさせていたが、こんな食事が毎日続くようでは身体にも良くない。

「小雪ちゃんに電話したのか？」

慎也にそう尋ねられて、わたしは頷いた。

「明日、会いにきてくれるって」

慎也の眉がかすかに動いた。

「そうか……」

皮膚をざらついたもので擦《こす》られたような気がした。彼は明らかに、小雪がくることを喜んでいない。

わたしは慌てて言った。

「小雪と話をしたら、もっといろいろ思い出すかも……」

「そうだな」

彼は、ためいきをつくようにそうつぶやいて、白身魚のフライを口に運んだ。

食卓を沈黙が覆った。

「なあ、南」

名前を呼ばれて、わたしは顔を上げた。

慎也は箸を置いて、わたしを見ていた。

「別に思い出せなければ、思い出さなくても、俺はかまわない。南は南だ」

「ありがとう……」

わたしは無理に笑顔を作った。

彼は気づいているのだろうか。今、わたしは彼への愛情さえ見失っているのだということを。

食事の後片付けを終えてから、わたしは慎也に誕生日を尋ねた。

ビールを飲んで、少し上機嫌になった彼は笑って答えた。

「五月二日だけど、なに?」

「ううん、ちょっと……」

携帯のパスワードかもしれないと言いかけたが、パスワードを彼に知られたくはない。

そう言った後、変更するのも疚《やま》しいことがあるようで嫌だ。

彼はそれ以上追及しようとはしなかった。わたしは安心して、自分の部屋に戻った。

充電してあったスマートフォンの電源を入れ、パスワードを0502と入れてみる。あっけないほど簡単にロックは解除された。

指が震えた。写真のアイコンをタップして、写真を表示する。

外食らしき、おいしそうな料理の写真、美しいネイルの写真、そして、慎也とふたりで笑っている写真などが液晶画面に現れる。外で出会った可愛い猫の写真、それから料理を前に笑っている小雪の写真。

どの写真も、わたしの感情を揺さぶらない。

わたしの顔さえも、見知らぬ人のようだ。

三笠南は、ときどきネイルサロンに通って、その仕上がりを写真に撮るのが好きで、ときどき外食をして、おいしいものを食べている。外で会った猫や、きれいな季節の花を撮影するのも好きだ。

なぜ、パスワードさえ解除できれば、そこに自分の秘密が詰まっているなんて思ったのだろう。かき氷も、パフェも、どこか知らないお寺の写真も、他人が撮ったものを見ているような気分だ。

保存されているすべての写真を見ていったが、あの男性の写真は一枚もない。英和辞典の中に隠されたあの一枚だけが、彼が存在している証拠だった。

いや、あるはずなどない。もし、わたしと彼が知り合いでも、写真は削除するだろう。わたしはすでに結婚している。彼がただの友達なら、写真を削除する必要はないが、たぶん記憶を失う前の三笠南も、彼に恋をしていた。

あきらめたのか、振られたのかはわからない。今、彼を思い出すだけでこんなに胸が痛いのに、記憶を失う前のわたしが、なんの感情も抱いていなかったはずはない。

メールもチェックするが、美容院やネイルサロンからのダイレクトメール以外には、慎也や小雪からと、後は知らない女性名からのメールしかない。たぶん女友達だ。

わたしはじっとスマートフォンを見つめた。

パスワードを慎也の誕生日に設定したわたしは、彼に見られることを気にしていなかったのだろうか。

たしかにこのスマートフォンならば、見られて困るようなものはない。

でも、今のわたしは、パスワードを彼に知られたくないと思っている。自分の気持ちを隠したいと思っている。

記憶を失う前の自分が、別人のようだ。

もう一度、写真を見る。カエルの王子様の人形は写っていないだろうか。そう思って古い方へとスクロールしていく。

いちばん古い写真は、白いふわふわした犬だった。それ以外にその犬の写真はないから、どこかで出会った犬だろう。

その前は機種変更でもしたのか、古い写真を削除したのか。

ふいにあることに気づいて、写真をざっと見ていく。

わたしと慎也が結婚したのは、今年の四月だというのに、結婚式の写真も新婚旅行の写真もなかった。あえて、なにもしなかったのだろうか。

結婚式をしない夫婦がいても不思議はないのだが、多くの人がすることをしないのには、なにか理由があるはずだ。もちろん、単に「したくなかった」というのも理由のひとつだ。

慎也に聞いてみようかと思ったが、明日、小雪に聞いてみた方がいいかもしれない。

小雪の写真は、スマホにも何枚か保存されている。慎也の写真よりも多いほどだ。

彼女の写真を見ると、懐かしさがこみ上げる。さっき、彼女の声を聞いたときと同じように。この感情だけは信じられる。

だが、そう強く感じれば感じるほど、不思議に思うのだ。

なぜ、わたしは慎也のことを同じように信じられないのだろう。

翌日の朝、起きて自室で身支度を整えていると、スマートフォンが鳴った。小雪からだった。

「おはよう。もう新幹線乗ったよ。十一時には新大阪に到着する予定。新大阪までこられる？」

そう尋ねられて、わたしは返事に困った。ひとりでは行けそうにない。

「慎也に教えてもらえれば行けると思うけれど……ちょっと不安」

「じゃあ、最寄り駅までは？」

徒歩で行くのだろうか。まだ行ったことはない。口ごもっていると、小雪が言った。

「家に行くと、ちょっと一緒に出かけにくいから、外で待ち合わせした方がいいと思う」

「そうなんだ……。頑張って、最寄り駅まで行ってみる。まだ行ったことはないけど」

地図でも描《か》いてもらえれば行けるだろう。そのくらいのことならできると信じたい。

「じゃあ、改札のところでね。新大阪に着いたらもう一度電話する」

電話を切って、わたしは小さく息を吐いた。階段を下りて、リビングに向かう。土曜日だからか、リビングには家族全員が揃っていた。祐未がキッチンで朝食の支度をしている。

「お手伝いしましょうか……」

おそるおそるそう声をかけたが、「別にいいわ」と顔も見ずに言われた。慎也はリビングで新聞を読んでいる。義母は車いすに座って、テレビを見ていた。

食卓にはすでに、目玉焼きが並んでいた。うっすらと白い膜に覆われた黄身を見て、もっとよく焼いてほしいと思った。もちろん、作ってもらっておきながら、そんなことを口に出す勇気はない。

コーヒーメーカーがぽこぽこと音を立てている。絵に描いたような休日の朝だ。

なのに、わたしは自分がどこにいるべきかわからず、ぼうっと立ち尽くしている。

ソファに座ってくつろぐのも、先に食卓に座るのも気が引けた。

仕方なく、キッチンに行って、コーヒーカップを出そうとすると、祐未に「それはお客さん用だから」と怒られた。

仕方なく、食卓の椅子に腰を下ろす。

慎也がこちらを見る。

「小雪ちゃん、何時くらいにくるって？」

「十一時には新大阪にくるって言ってた」

「うちに泊まっていけばいいのに。前にきたときも、南の部屋に泊まったし」

あのデイベッドで眠ったのだろう。そして、そのときにあまりいい思いをしなかったのかもしれない。

「実家に泊まるって言ってたけど……」

電気やガスがまだ通っているのかどうかは知らないが、生活できない部屋に泊まるとは言わないだろう。

祐未が、マグカップを四つ食卓に置いた。わたしは立ち上がって、抽出が終わったコーヒーメーカーからサーバーを食卓に持ってきた。

大皿のサラダが運ばれて食事がはじまる。

祐未がサラダを取り分けながら言った。

「今日はどこへ行くの？」

「まだ決めてません。でも、実家に戻ってみようかな、と」

小雪にはまだ相談していないが、彼女が実家に泊まるならば、わたしも一緒に行って夢と同じか確かめたい。

「そのまま今日は泊まってくれば？」

祐未がそう言うと、慎也が渋い顔になった。

「しばらく空き家にしているんだから、かび臭かったり、埃っぽかったりするだろう。うちに泊まればいい」

慎也がそう言うのを聞いて、祐未は少し笑った。

祐未はわたしをこの家から追い出したがっていて、慎也は逆に、わたしを自分の目の届くところに置きたがっている。

苦いコーヒーを口に運びながら、考える。

わたしはいったいどうしたいのだろう、と。


最寄り駅までの地図を描いてほしいと頼むと、慎也は車で送ると言った。

「歩くと十五分くらいかかるし、心配だ。送るよ」

そうではない。わたしは自分で行けるようになりたいのだ。そう言いたかったが、また彼の機嫌を損ねてしまうような気がして、口をつぐんだ。

住宅街の中は、迷路みたいだ。東に行くか、西に行くか、どこで曲がったかもわからない。必死に覚えようとするうちに、車は大通りに出て、駅に到着した。

改札の前まで向かうと、小雪はまだきていなかった。慎也は、わたしにカードを渡した。

「鉄道のＩＣカードだ。これで交通機関はだいたい乗れる。お金は持ってるか?」

わたしの財布の中には、二万円とクレジットカードが一枚入っていた。よっぽど高いものを買うようなことがなければ、困ることはないだろう。

だが、銀行にわたし名義の貯金がどのくらいあるのかはわからない。無駄遣いはするべきではない。

慎也は、わたしの手に一万円札を握らせた。

「大丈夫。少しはあるから」

返そうとしたが、慎也は受け取らなかった。

「小雪ちゃんの食事代とかは出してあげた方がいい。わざわざ東京からきてくれたんだから、ふたりで美味《おい》しいものでも食べて」

それもそうだ。

「もしよかったら、夕食は一緒に食べよう。ぎりぎりでもいいから、連絡してくれ」

「うん、小雪と相談してみる」

なんとなく、小雪は慎也とは一緒に食事をしたくないだろうと思った。わたしも小雪とふたりで話がしたかった。

慎也の目が、なにかを捉《とら》えた。振り返ると、小雪がエスカレーターを上がってくるところだった。

小雪は改札を出ると、慎也にぺこりと頭を下げた。

「こんにちは。お姉ちゃんを送ってきてくれてありがとうございます」

少しよそよそしい気がした。だが、結婚して一年も経っていないし、小雪はずっと東京で働いていると聞いている。そんなものかもしれない。

「こんにちは。よかったら、三人で夕食を食べないかと話してたんだ。今晩は家に泊まってもいいし」

小雪の目が少し泳いだ。

「ごめんなさい。ちょっとお姉ちゃんとゆっくり話したいので……わたしも相談したいことがあるんで」

「そうか……」

彼は少し肩を落として、わたしに言った。

「じゃあ、帰るときは家に連絡をくれ。車で迎えに行く」

「ええ、ありがとう」

そうは言ったが、たぶんわたしは電話をしないだろう。ひとりで出かけたり、帰ったりできるようになりたい。

念のため、住所と電話番号を書いた紙だけは、コートのポケットに入れてある。

帰って行く彼の後ろ姿は少し寂しそうに見えた。

小雪とわたしの顔はあまり似ていないように思う。肩の辺りで切りそろえたボブヘアに、意志の強そうな目。顔立ちもわたしよりもずっとはっきりしている。

それでも彼女の顔を見ると、安心する。家族の顔だ。

実家に行きたいと言うと、小雪は「わたしもそれがいいと思う」と言った。

「体調は？　立ってるのつらくない？」

「それは大丈夫。身体は平気」

たぶん、問題はそこにはないのだ。わたしたちは改札へ向かった。慎也から受け取ったICカードを改札にかざすと、残金は三千円ほど入っていることがわかった。遠方に行かないのなら、充分過ぎるほどだ。そういう感覚は残っているのが不思議だった。

きた電車に乗り込んだ。小雪は路線図を指さして、乗り換える場所と降りる駅を教えてくれた。

「わたしたち、そこで生まれたの？」

「そう。最初はお母さんと三人で暮らしていて、四年前にわたしが専門学校を卒業して東京で就職した」

そして三年前に母が亡くなった。

三年前から、わたしは働きながらひとりで暮らしていた。今年、慎也と結婚するまで、どんな出来事があったのだろう。あの夢の男性と出会ったのも、その期間ではないだろうか。

三年以上前なら、こんなに感情が鮮明なはずはない。

地下鉄を一度降りて、地下街を歩き、別の電車に乗る。都会の人の多さに呑み込まれてしまいそうだ。

小雪はわたしの横について、ゆっくり歩いてくれた。

「どこまで覚えてる？　わたしのことは覚えてるんでしょう」

「うん、全部じゃないけど……。小雪はわかる。でも、慎也のことはあまり……」

そう言うと、小雪はさすがに驚いたようだった。

小雪の存在も、自分では思い出せなかった。だが、小雪が病院に現れて、わたしの妹だと言っても、そこに違和感を覚えることはなかっただろう。だが、慎也が夫だということがいまだに受け入れられない。

小雪はふいに、わたしの手を握った。指の間に、彼女の指が割り込んでくる。

「大丈夫だよ。きっとよくなるよ」

そうなのだろうか。わたしは自分の取り戻したい過去を取り戻せるのだろうか。

慰めは素直に受け入れられないが、その手の熱さは懐かしく、泣き出してしまいたくなる。

せめても取り戻した過去の中に、絶望がないことだけを祈る。


路地には古い井戸があった。蓋はされているが、取り壊されてはいない。

さきほどまでビル街を歩いていたはずなのに、いつの間にか古い街並みの中に迷い込んでいた。

「このあたりは、空襲で焼け残ったところだからね。そのまま古い家が残っているの」

夢で見た光景だ。ビルの中に埋もれるように、小さな平屋がいくつも建っている。夢の中で、小雪がトマトに水をやっていた。

一軒の前でわたしは足を止めた。

「ここ、わたしの家？」

「当たり」

小雪は笑顔になって、ポケットから鍵を出し、玄関の鍵穴に差し込んだ。引き戸を開くと、閉め切った家の匂《にお》いがした。

おそるおそる足を踏み入れる。だが、かび臭いとか嫌な匂いがするわけではない。

「空き家になっているわりには、傷んでないね」

たぶん、ずいぶん古い家だ。わたしや小雪よりもずっと年上の家。五十年以上経っているのは間違いないだろう。

だが、リフォームなどは定期的にしているようだ。水回りも壁紙も決して古びてはいない。今すぐにだって住めそうだ。

「お姉ちゃんが週に一回くらい、掃除にきてたからね。売ればいいのにと思ってたけど、お姉ちゃんは売りたくないみたいだった」

胸が締め付けられるようだ。

ここに帰りたい。ひとりででもいいから、ここに住みたいと思った。

今の家は広いけれど、どこにもわたしの居場所はない。ここでならば、呼吸ができる。

小雪は襖《ふすま》を開けて、布団をひと組下ろした。布団乾燥機も出して、布団にセットする。

この家に泊まるときにはいつもそうしていたのだろう。

襖で仕切った奥の部屋に面して小さな坪庭がある。わたしはガラス戸を開けて、庭を眺めた。

万両の小さな木が地面に植えられている。世話をする人もいないだろうに、赤い実が鈴なりだ。

（お帰り。ゆっくりしていきなさい）

そう言われた気がした。そんな気分になったことは、今の家では一度もないのに。

小雪は、押し入れから座布団を二枚取りだした。台所に立ち、ヤカンに水を入れる。ガスも水道も通っているようだ。

「で、お姉ちゃんはなにを聞きたい?」

聞きたいことが山ほどありすぎて、なにから聞いていいのかわからない。無理矢理、ひとつを選ぶ。

「わたし、どんな人間だと思ってた?」

小雪は一度振り返ってわたしを見た。

「本を読むのが好きで、友達は少なかったかな。でもうまくやれないんじゃなくて、あまり人に興味がないようだった」

そう言ってまた背中を向ける。

「誤解しないでほしいんだけど、わたし、お姉ちゃんのことは大好きだったし、お姉ちゃんもいつもわたしに優しかった。でも、どこかでお姉ちゃんは、きっと人を本気で好きになったりしないんだと思ってた」

自分の喉が鳴るのがわかる。突き放したようなことばなのに、彼女の評価はどこかしっくりくるものだった。

「だから、慎也さんの話を聞いたときには、驚いた。こんなに早く結婚して、仕事もやめちゃうなんて思ってなかった。恋愛ってやっぱり熱病みたいなもんなんだなーって……」

また遠くなった。熱病のような恋だったから、冷めてしまった後はなにも残らないのか。

「わたしに、他に好きになった人はいなかった？」

「昨日もそれを聞いたね。わたしの知る限り、大学のときの彼氏以外いない。もちろん、お姉ちゃんがわたしに黙ってたって可能性はあるけど。でも、二ヶ月に一度くらいはなんのかんの言って会ってたよ。わたしが大阪に帰ってきたり、お姉ちゃんが東京にきたり……だから、つきあってたのなら話してくれたと思う。不倫とか、片思いとかならわからない」

わたしはバッグの中から、昨日見つけた写真を出した。

インスタントコーヒーを淹れて戻ってきた小雪に見せる。

「その彼氏って、この人？」

「違う。誰？　この人」

「わからない。夢を見るの」

小雪も知らないようだ。少しがっかりする。だが、彼女が知らないということは、わたしが好きな俳優や歌手ではないということだ。

実在していて、芸能人や有名人ではない。わたしがどこかで出会った人。

その後、小雪と長い話をした。

母がくも膜下出血で急死したこと、小さい頃家から出て行った父のこと、仲の良かった友達のこと。結婚式のことは、「ただ、する気がない」としか、小雪も聞いていなかった。もともとわたしは、派手なイベントなどを好むようなタイプでなかったから、小雪も不思議には思わなかったらしい。

「でも、慎也さんのご家族はそれでいいのかな、とは思った」

義母が元気だったら、式をしたかもしれない。

夕方になってお腹《なか》が空《す》いたから、近所の中華料理店で食事をした。料理人も接客係の女性も中国人で、店内は騒がしく、テーブルはギトギトしていたが、なぜか落ち着いた。

「ここ、昔からよくきていたんだよ」

スペアリブと春雨のスープや、羊の焼き肉、見たことのない幅広の麺《めん》に山椒《さんしょう》風味の挽肉《ひきにく》を和《あ》えたものなど、小雪が注文した料理はどれもおいしかった。最後に白いふわふわした饅頭《まんじゅう》をこんがりと焼いたものを食べた。

お腹がはち切れそうなほど食べたのは、記憶が戻ってからはじめてだ。食事が楽しいと感じたことも。

その後、また実家に戻った。ずいぶん寒くなってきたから、ファンヒーターをつけた。古い家だからすきま風も入ってくる。小雪とふたりでファンヒーターの前に並んで座った。

小雪の話は、わたしの中にすんなりと入ってきた。

空白だった部分をようやく埋めてもらった気がした。だが、少し怖いとも思う。あまりに馴染みすぎて、自分の本当の記憶と、彼女の話の区別がつかなくなってしまいそうだ。彼女の話で、わたしの記憶が作られていく。

一度作られてしまった記憶は、修正が難しい。小雪のことを信用していないわけではない。だが、彼女の見ている世界とわたしの見ていた世界が同じとは限らない。彼女が好きだった人をわたしは嫌いだったかもしれない。彼女が楽しいと感じた出来事も、わたしにとっては苦痛だったかもしれない。

夜が更けていく。小雪は携帯電話を見た。

「もう十時だよ。お姉ちゃん、帰らなくて大丈夫？」

わたしは布団の上にごろりと横になった。布団乾燥機をかけたおかげでふかふかだ。

「帰りたくない。ここに泊まりたい」

「布団、ひと組しかないよー。一緒に寝る？」

「一緒に寝てもいい？」

「いいよ。ひさしぶりに一緒に寝よう」

平屋で二部屋しかないのだから、ずっと同じ部屋で過ごしていたはずだ。同じ布団で眠ることもあったかもしれない。

「でも、どちらにせよ、慎也さんに連絡しなきゃ。きっと慎也さん待ってるよ」

たしかにそうだ。車で迎えにくると言っていたから、ビールも飲まず、風呂にも入らずに待っているだろう。

スマートフォンを出そうと思ったが、なぜか慎也にはパスワードがわかったことを知られたくない気がした。小雪の携帯電話を借りることにする。

「はい」

「わたし」

呼び出し音が一度鳴るか鳴らないかのタイミングで、電話は取られた。

「南か？　今、どこにいる？　電車に乗ったか？」

わたしはなるべく明るい声で言った。

「まだ実家なの。話したいことがたくさんあるから、今晩はここに泊まろうかな、と思って……」

「駄目だ」

「え？」

そんな反応が返ってくるとは思わず、わたしは返事に困った。

「これから迎えに行く。実家にいるんだな」

「そうだけど……でももう遅いし……じゃあ帰るから電車に」

「こんな遅い時間に電車なんか乗らないでくれ。そっちの家に行くからそこで待ってろ」

わたしは小雪の顔に目をやった。彼女は軽く肩をすくめてみせた。まるでこうなることを予期していたかのように見える。

「話があるなら、小雪ちゃんも家に泊まればいい。じゃあ、これから行くから」

電話は切れた。わたしは小雪に言った。

「ここまで迎えにくるって……」

「やっぱりね」

「小雪も家に泊まればいいって言ってるけど」

「わたしはやめとく。気詰まりだし」

本当は家にきてほしかった。小雪がくれば、慎也と同じ部屋で眠らない口実が作れる。

だが、わたしでさえ息が詰まる家に、彼女もこいとは言えない。

「一応、言っておくけど、わたし、お姉ちゃんの家族、好きじゃない」

思わず、「わたしも」と言いかけて、それを呑み込んだ。

そんなことを言われても、小雪が困るだけだろう。

「うん、ごめんね」

「お姉ちゃんが好きになった人だから、いいんだけどさ」

似たようなことばを、少し前に聞いたような気がした。

祐未が言ったのだ。

（慎也があなたのことを好きだから、この家にいていいというだけ）

わたしは今、彼に愛情を感じていないと言えば、小雪も祐未も驚くだろう。あの家を追い出されるかもしれない。

もしかしたら、その方がいいのかもしれない。祐未が言ったように何もかも忘れて、この古い家に帰る。だが、この状態で仕事を探して、働くことができるのだろうか。

小雪を頼るわけにはいかない。臨床検査技師の仕事についていると言っていたが、まだ若い彼女に負担をかけるのは心苦しい。

そう考えると、慎也の家に戻るのが得策だと思えてくる。ずるい考えだ。

きっとそのうち記憶が戻る。そうすれば、また熱病のように慎也を好きになるかもしれないし、そうでなくても仕事を探して働こう。

「明日、帰るんだよね」

「うん、明日の朝帰ろうと思っている。夕方から用事があって……」

それを聞いて、わたしは暗い気持ちになった。明日もう少し、一緒にいられると思っていた。だが、彼女はわざわざ新幹線に飛び乗って会いにきてくれたのだ。それには感謝している。

「ありがとう。忙しいのに」

「ううん、思ったより元気そうでよかった。思い出せないことがあったらいつでも電話をくれていいから」

だが、わたしがいちばん知りたいことを、小雪は知らないのだ。

時計を見た小雪が言った。

「そろそろ慎也さん、到着するよね。通りに出て待ってた方がいいかも」

たしかに、この家は路地を入った奥にある。そこまで車は入れないし、駐車するような場所はない。

路地から出て待っていた方がいいだろう。

「うん、そうする。今日はありがとう」

小雪は返事をせずに、ぎゅっとわたしを抱きしめた。

「わたしはお姉ちゃんの味方だから」

胸が痛い。泣いてしまいそうで、わたしは彼女から離れた。

「じゃあ、行くね」

バッグを持って、コートを着る。振り返らずにそのまま家を出た。

細い道を通って、通りに出る。街灯が少なく、思ったより暗い。大通りに出た方がわかりやすいかもしれない。

わたしは足早に大通りに向かった。薄暗い通りから出ると、街灯や車のライトが目に飛び込んでくる。まぶしさにまばたきをした。光をばらまいたみたいだ。

なにげなく、反対側の通りを見たわたしは息を呑んだ。

あの、夢で見た男性が歩いていた。臙脂《えんじ》色のマフラーを顔を半分覆うように巻いて、下を向きながら足早に駅の方向に歩いて行く。

自然に足が動き始めていた。彼を追う。

今、見失ってしまったら、もう二度と会えないかもしれない。激しい焦燥感に駆られる。

足早に追い掛ける。大通りを渡りたいのに、信号はどれも赤だ。車はひっきりなしに通りを行き来している。信号が青になってくれなければ渡れない。

気持ちばかりが焦る。バスやトラックに視界を遮られるたび不安に襲われた。

彼を見失ってしまったらどうしよう、と。

ようやく、信号が青に変わった。わたしは走って、横断歩道を渡った。彼はずいぶん先に行ってしまっている。必死で追い掛ける。

土曜日の夜だからか、学生らしき集団がカラオケボックスの前でたむろしている。わたしは彼らを押しのけた。

酔っ払っているのだろう。「お姉さん、どこ行くの？」「一緒にどこか行こうよ」などと言う声が聞こえるが、かまってはいられない。

つかまれた腕を振り払って、走る。臙脂のマフラーをつけた人を捜す。

どうして男性は、グレーや茶色のコートばかりなのだろう。赤や黄色を着てくれれば、その中から彼を捜すことも簡単なのに。

駅の入り口が見えたからそこに飛び込んだ。階段を駆け下り、カードで改札を抜ける。電車のドアが閉まり、発車するのが見えた。

あの電車に彼が乗っているかもしれないのに、わたしはそこまで辿《たど》り着けない。

息を切らしながら、わたしはホームで足を止めた。降りたばかりの人が、舌打ちをしてわたしを押しのけた。


しばらく地下鉄のホームで立ち尽くしていた。

なにも考えられなかったし、気持ちを切り替えることもできなかった。

大事なものを見失ってしまって、次にどうやってたぐり寄せればいいかわからない。

呆然としていると、スマートフォンが鳴った。

反射的に出る。

「お姉ちゃん、どこにいるの？」

小雪の声がした。ようやく、自分が後先考えずに走り出して、駅まできてしまったことに気づいた。慎也はもう到着しただろうか。

「ごめん、気づいたら駅まできちゃってて……」

「駅？　谷町《たにまち》六丁目の？」

いや、違う。ここは、行きに降りた駅ではない。

「ええと……松屋町《まつやまち》って書いてある」

「どうしてそんなとこまで？」

ずいぶん歩いてきてしまったのだろう。小雪が驚いているのがわかる。

「わからない……」

いや、わかっている。だが、説明をするのが難しい。

「お姉ちゃん、大丈夫なの？」

「慎也は？」

「もう着いてる。お姉ちゃんを捜しに行ったよ。今から行くから、そこから動かないでね」

小雪の声には、少し怒ったような響きがあって、そのことがつらかった。唯一信頼できる人に、心配をかけてしまった。

電話は切れた。改札を出た方がいいのはわかっていたが、急に力が抜けて、ベンチにへたり込んでしまった。

まだ小雪がくるまでには少し時間がある。そう思って休んでいたが、こんな時間に電車にも乗らずにベンチに座っている人間は目を引くのか、不躾《ぶしつけ》な視線を浴びる。下を向くと、コートの膝に水滴が落ちた。

自分が泣いていることにやっと気づいた。

立ち上がって、階段を上がる。改札はひとつだけだから、出たところで待っていれば小雪と会えるはずだ。

袖《そで》で涙を拭《ぬぐ》い、駅にくる人たちの視線を避けるように立つ。

ときどき、スマートフォンに目をやって、連絡がないか確かめる。二十分ほど経っただろうか。

「お姉ちゃん！」

小雪の声がして、わたしは顔を上げた。ほっとしたのも一瞬だった。小雪の隣には険しい顔をした慎也がいた。

てっきり小雪だけがくるものだと思っていた。混乱のあまり、取り繕おうと考えていた言い訳まで頭から吹っ飛んでしまった。

「大丈夫だった？」

「大丈夫。心配かけてごめんなさい」

「なんでひとりでこんなところまできたんだ」

慎也が、鋭い声でそう言った。わたしは下を向く。

「お義兄《にい》さん、お姉ちゃんを叱《しか》らないであげて……」

「きみもきみだ。なぜ、南から目を離したりしたんだ。彼女が普通の状態ではないと知ってたんだろう」

小雪は目を伏せた。

「申し訳ありません。話しているとしゃんとしているように見えたから……」

「小雪を責めないで。彼女はなにも悪くない」

そう言うと、慎也は大げさなほどのためいきをついた。

「ともかく、すぐに帰ろう。もう遅い」

背を向けて大股《おおまた》で歩き始める。わたしと小雪は顔を見合わせて一緒に後を追った。

小雪が小さな声で囁《ささや》く。

「どうしちゃったの、お姉ちゃん……」

「なんか、急になにか思い出せそうな気がして……」

「そりゃあ、このあたりは昔から馴染みのある場所だけど、それでもいきなりいなくなったら、心配するでしょ。慎也さん、青ざめてたよ」

足早に歩く彼の背中からは、怒りが伝わってくる。

わかっている。悪いのはわたしだ。だが、小雪に責任を押しつけたことについては納得できない。わたしだけを責めればいいのだ。

歩いてみれば、駅と実家は十五分ほどの距離だった。夢中になって走ったから、道筋も覚えていない。

もう、あの人を見たことが、ただの夢だったようにも思えてくる。

なにも信じられない。自分の見たものすら。

小雪のことならば、信じられると思っているのも、単なる錯覚なのかもしれない。

冷たい手が、わたしの足をつかんでいるような気がしてならない。

その手が少し力を込めるだけで、わたしは地中深くに沈んでいくしかないのだ。


実家に入る路地の手前でわたしと小雪は、慎也が車を取ってくるのを待っていた。

先ほどまでの親しみが砕けて消えてしまったような気がした。

小雪は、何度も「寒くない?」と聞いてくれたが、その気遣いにはどこかよそよそしさのようなものが感じられた。

たぶん、彼女がわたしを明らかに病人として扱っているせいだ。自分と違う、なにをするのかわからない人間だと考えているのだ。

その原因を作ったのは自分なのに、ひどく理不尽な気がした。

思えば、わたしも慎也の母には、同じような態度を取っている。悪いのは小雪ではない。

慎也の車が、曲がり角で止まった。

「じゃあね。小雪、ありがとう」

今度はハグもなにもせずに別れた。わたしは、助手席に乗り込んだ。

車は静かに出発した。慎也は小雪に礼を言うどころか、挨拶すらしなかった。

どんどん、彼のこともわからなくなる。

なにも覚えていないとはいえ、最初は信頼できる人だと思っていた。だが、少しずつ、彼の違う一面が見えてくる。

何度も心で問い直す。わたしは本当に彼を愛していたのだろうか。

どうやっても、その気持ちがわからないのだ。

車は夜の街を滑るように走っていく。道沿いには街灯や看板のネオンが輝き、まぶしいほどのライトが車道を行き交う。

もっと遅くなれば、この街も静けさと暗闇《くらやみ》に包まれるのか。それとも朝まで変わらないのか。そんなことを考えていると、慎也が口を開いた。

「俺と帰るのが嫌だったのか?」

「え……?」

なにを聞かれたのか、すぐには飲み込めなかった。否定しようとしたのに、喉に重い塊《かたまり》のようなものが存在していて、声が出なかった。

なんとか気持ちを落ち着けてから、答える。

「そうじゃなくて……急になにか思い出せそうな気がして、気が付いたら歩き出してた。ただ、それだけ」

「でも、あの家に泊まりたいと言っただろう」

「それは、小雪ともっと話したかったから。ただ、それだけ」

「じゃあ、なんで小雪ちゃんは、うちにこないで、あの家に泊まるんだ」

「それはやっぱり、実家の方がくつろげるからだよ」

たとえ小雪が慎也の家に泊まってもいいと思っていても、先ほどの慎也の態度では言い出せないだろう。そう思ったが、彼をよけいに怒らせてしまいそうで、口には出さなかった。

わたしが、勝手に歩き出して駅に向かってしまったのは、家に帰りたくなかったという理由ではない。だが、やっかいなことに、家に帰りたくない気持ちがあるのも事実なのだ。なにを言っても嘘に聞こえてしまいそうな気がして、話すのがおっくうになる。だが、黙り続けていれば、彼の疑惑を裏付けてしまう。

だから疑問を口に出した。

「ねえ、記憶を失う前のわたしは、そういうことする人間だった?」

彼はそれには答えなかった。

険悪《けんあく》な空気のまま、家に帰りつく。

リビングに行くと、祐未がソファで書類を広げていた。

「おかえりなさい」

こちらを見もせずに、興味のなさそうな口調で言う。

慎也は、祐未の前に座った。

「姉さん、月曜日の南の通院だけど、付き添ってあげてくれないか」

慎也がそう言い出したことに、わたしは驚いた。月曜日の午前中に病院に診察予約を入れていて、それはわたしがタクシーを使ってひとりで行くことになっていた。

祐未はあからさまに面倒くさそうに言う。

「いやよ。わたしだって忙しいのよ」

祐未の言うことはもっともだ。彼女は仕事をして、家のことをやり、母の面倒まで見ている。

「大丈夫です。わたし、ひとりで行けますから」

わたしがそう言ったのに、慎也は聞こうともしなかった。

「頼む。なんとか仕事を調整するなりして……」

「南さんが大丈夫だって言ってるじゃない」

「いや、駄目だ。今日も勝手にひとりでふらふらと歩いて迷子になった。ひとりで外出させるわけにはいかない」

祐未はキッと慎也を睨《にら》み付けた。

「そんなに心配なら、あんたが仕事を休むなりして、ついていってあげれば？」

「それができないから頼んでいるんだろう」

胃がきりきりと痛む。わたしのことで祐未に迷惑をかけることも心苦しいし、慎也がわたしを信用してくれないこともつらかった。

「いい加減にして。南さんはあなたが思ってるよりも、ずっとしゃんとしてるわよ」

祐未はぱさぱさと書類をまとめた。

「心配なら、首から住所を書いた紙でも下げておけば？」

わたしは、慎也の腕をつかんだ。

「ねえ、お義姉さんにこれ以上迷惑をかけたくない。今日みたいなことはもうしないから……」

「どうしてそう言い切れるんだ」

そう言われて、わたしは返事に困った。病院に彼が現れることはないだろうから、とは言えない。

ソファから立ち上がった祐未が言った。

「必要な迷惑をかけられるのは仕方がないけど、慎也が安心するためだけに仕事を押しつけられるのは嫌。タクシー往復で、念のため携帯電話と住所のメモを持ってるだけじゃどうして駄目なの」

祐未は書類を手にリビングを出て行った。慎也は深くためいきをついた。

「大丈夫。気をつけるし、行き帰りはタクシーを使うから……」

「スマホ」

「え?」

「スマホのロックは解除できたのか? さっきも小雪ちゃんがきみと携帯で話したと言っていた。そのときから気になっていた」

わたしはあわてて笑顔を作った。

「そう。今日、小雪と話しているうちに思い出した。だから、スマホも使える」

「なぜ、それをすぐに言わない」

胸がざわざわする。今の彼はわたしのすることをなにもかも疑っているようだ。

「忘れてたから……」

「わざわざ小雪ちゃんの携帯を借りて電話をかけたのはなぜだ」

「それは……」

ことばに詰まっていると、彼は立ち上がって部屋を出て行った。

それ以上問い詰められなかったことに、ほっとする一方、ひどい胸騒ぎも感じた。

彼がわたしを信じられないのには、理由がある。


その日もわたしは彼の隣で眠った。

少しずつ慣れてはきている。だが、心の壁はより分厚く、乗り越えられなくなっているのを感じる。

ここを出て、働いて自立することはできるだろうか。あの小さな家に住んで、アルバイトを探して、記憶が戻るのを待ちたい。

たとえ、記憶を取り戻すことができなくても、その方が前を向いて歩けるような気がした。三笠南、もしくは韮沢南と、今の自分との距離を意識せずにいられるだろう。

この家にいる限り、わたしは過去に囚《とら》われたままだ。

だが、慎也がそれを許してくれるだろうか。


月曜日の診察は、特別なこともなく終わった。

今の状況を話し、いくつかの問診を受ける。入院しているときに受けた検査の結果を聞く。機能的な問題は、どこにもないということだった。

頭痛があるかと聞かれ、頭痛はないが眠りが浅いと言うと、睡眠導入剤を出してくれることになった。それで終わり。

二時間近く待ち、五分ほどの診察を受け、また会計と薬をもらうために一時間ほど待った。

通院の記憶はないのに、病院なんてそんなものだという意識はあるのが不思議だった。

病院の食堂で昼食をとった後、薬をもらって、病院を出る。

本当は電車で帰りたかったが、また道に迷うと慎也になにを言われるかわからない。大人しくタクシーに乗って帰ることにする。

客待ちをしているタクシーに乗り込み、住所を書いた紙を渡す。

窓の外を眺めていると、バッグの中でスマートフォンが鳴った。祐未からだった。

「診察は終わった？」

「終わりました。タクシーで今帰っているところです」

たぶん、あと二十分もしないうちに家に帰れるだろう。

「そう、よかった。それと、今日、慎也が遅くなるそうよ。煮物を作って、炊飯器のタイマーをセットしてあるから、それで夕食にして。あと、お母さんの分も準備してあげてくれる？」

「もちろんです。すみません。お世話かけます」

「あなたがいてもいなくても、お母さんの夕食は準備しないといけないしね。あと、お母さんに食後飲ませる薬もテーブルの上に置いてあるからお願いね」

わたしが結婚する前は慎也と祐未が交互に母親の食事の準備をしていたのかもしれない。祐未は昼過ぎまで家にいるから朝と昼を準備し、帰ってきた慎也が夜を準備すればうまくいく。平日は午後にヘルパーにきてもらえば、長時間ひとりにしなくて済む。

わたしが、この家族の中でどんな役目を任せられ、どんなふうに生活していたのか、あまり想像ができない。今度、祐未に聞いてみよう。

タクシーはほどなく、家に到着した。家の鍵を開けて、中に入る。

リビングでは、義母がテレビを見ていた。

「ミカさん、いらっしゃい」

知らない名前で呼ばれたが、笑顔で「こんにちは」と言う。

南と呼ばれようが、ミカと呼ばれようが、今のわたしにはどうでもいい。愛着のないものをふたつ並べられて、どちらかを選べと言われてるようなものだ。

「ミカさん、お茶をいただけるかしら。喉が渇いてしまって」

「今、準備しますね。少し待ってください」

わたしはコートを脱いで、キッチンに立った。ほうじ茶の缶を開けて、急須に入れる。

義母が煎茶よりもほうじ茶を好むことは聞いていた。

電気ケトルで湯をふたり分沸かし、急須に入れる。お茶やコーヒーくらいならば、失敗せずに淹れられる。料理も今度挑戦してみたら、意外にすんなりできるかもしれない。

ふたつの湯飲みにお茶を注ぎ、自分の分を飲んで濃さを確かめた。問題なかったので、少し冷ましてから義母の前に持っていく。

「ありがとう。南さん」

わたしは笑って頷いた。湯飲みを両手で抱えて、義母が言った。

「南さん、晴哉《はるや》は元気?」

また記憶が混迷しているのか、そう思って「ええ」と適当な返事をした。

だが、白い布にインクが滲《にじ》んでいくように、なにかがわたしの中に広がっていく。

晴哉。わたしはその名前を知っている。

確証はない。だがわたしが覚えている、たったひとりの男性。夢と写真と、そして土曜日に大通りで見かけた彼の名前かもしれない。

わたしは義母の足下にしゃがみこんだ。気持ちを落ち着けて尋ねる。

「晴哉さん、今、どこにいるんですか?」

「今は学校じゃないかしら。あの子、とても料理が上手だから、調理師免許を取るって言ってたのよ」

まるで自分の身内について語るような口調だ。

慎也と間違えているわけではない。慎也は料理をしない。

「お義母さん、晴哉さんっていったい……」

「慎也は、どこにいったの？」

「慎也さんは会社です。今日は遅くなるそうです。お義母さん、晴哉さんは……」

義母は、わたしに向かって、にっこりと微笑んだ。

「絶対に、あの子のことは信用しちゃ駄目」


その日、慎也は十一時を過ぎても帰らなかった。

義母とふたりで食事をし、後片付けをした。義母はもう「晴哉」という人のことは口にしない。

義母が寒いと言えば膝掛けを探してかけ、喉が渇いたと言えばお茶を淹れた。

トイレの介助などは、怪我《けが》をさせてしまわないかどきどきしたが、それでも義母とふたりのときは、自分を取り繕わなくてもいい。

テレビを一緒に見ながら、声を上げて笑った。

十一時過ぎに祐未が帰ってきた。

「お母さん、まだ起きてたの？」

一瞬、自分が責められたような気分になった。

「すみません。もうそろそろ寝室にお連れしようかと思ったんですけど」

楽しそうにテレビを見ていて、眠そうな様子はなかったから、つい先延ばしにしてしまった。

「別にいいわよ。退屈だったり眠かったりすると、自分から寝室に行くから、あなたと一緒にいて楽しかったんでしょ」

祐未は、義母をそのままにして台所に行った。ごはんをよそい、煮物を温める。今日は職場で夕食を食べそびれたのかもしれない。

「慎也は？　お風呂？」

「まだ帰ってません」

そう言うと、祐未の表情が少し強ばった。

「お酒飲んでるのかしらね。あなたも眠たければ、先にお風呂に入って寝ていいわよ」

とはいえ、義母はさすがに少し眠そうだ。お休みになりますか？　と尋ねると、「そうね」と答えた。

「お義母さんをお部屋にお連れしますね」

「じゃあ、ベッドにパジャマがかけてあるから、身体を拭《ふ》くのと着替えを手伝ってあげてくれる？　洗面所のタオルで」

わたしは言われた通り、車いすを押して義母を部屋に連れて行った。部屋のドアを開けると義母の体臭らしき匂いがわずかに感じられた。昼間、少しでも窓を開けておけば良かった。

洗面所でお湯を汲《く》み、タオルを絞って、義母が身体を拭くのを手伝った。途中で、食事を終えたらしい祐末もやってきて、ふたりで義母をベッドに移動させた。

「ありがとう」

祐末はそっけない口調でそう言うと、義母に布団を掛けて、電気毛布のスイッチを入れた。

「あなたも早く寝た方がいいわ」

「でも、慎也さんはまだ帰っていないし……」

「気にすることないわよ。好きで飲んで帰ってくるんだから、待ってるだけ無駄」

彼女がそう言うからには、帰りが遅いのだろうか。

「じゃあ、先にお風呂いただきます」

そう言って、義母の部屋を出る。

入浴と歯磨きを済ませて、寝室に向かう。ダブルベッドの端っこにもぐり込みながら、このまま慎也が帰ってこなければいいのに、と少しだけ思った。

そう考えてしまうことに罪悪感がないわけではない。だが、ひとりでベッドに横になると、自分がこれまでどんなに緊張しながら眠っていたのか実感する。

ひとりだと、指の先まで安心して眠れる。すぐに眠気が足下から這《は》い上がってくる。

たぶん、あと一時間か二時間ほどで彼が帰ってくる。そうすれば、また神経が張り詰めて眠れなくなるかもしれない。

わたしは眠気に身をまかせて、目を閉じた。

このまま、朝まで目覚めないことを、ただ祈る。


夢をまた見た。

わたしは彼とふたりで、車に乗っていた。

この前のように、なにものかから逃げようとしているわけではない。ただ、穏やかな気持ちで海辺の道をドライブしていた。

車窓から入る風は、少し冷たいけれど、わたしはそれを言い出せない。

心地よいと信じれば、心地よいと感じられるほどの冷たさだ。耐えられないほどではない。わたしは、心で自分に言い聞かせる。この風は気持ちいい。この風は快適だ。

助手席から見る彼の横顔は美しい。

それを眺めているだけで幸せになれる。あらためて思う。この人が好きだ、と。

彼は言った。

「南さんは、壊れたものはもう取り返しがつかないと思う？」

「それはものによる。買い直せばいいものもあれば、修理できるものもあるよね」

「人間関係は？」

「それは……少し難しいかも。一度失った信頼は、もう取り戻せないかもしれない」

「それでも、誠実に語りかければ、いつかは溝が埋まるかもしれない。ぼくはいつか、思いは通じると信じているんだ」

「ご家族のこと？」

「どんな人に対してもだよ」

彼のその素直さがまぶしいと思う。わたしはそんなふうには信じられない。

わたしが彼を好きだと思う気持ちも、語りかければ通じるのだろうか。そう思った瞬間、彼がこちらを向いて笑った。

わたしは笑い返すこともできずに、下を向いてしまう。

この時間が永久に続けばいいと思った。

物音を聞いたような気がして、わたしはベッドから身体を起こした。

時計を見ると、まだ午前三時だ。もっと夢の中にいたかった。そこから引きずり出されたことがたまらなくつらい。

ベッドの隣を見るが、誰もいない。誰かが寝た様子もない。

慎也はまだ帰っていないのだろうか。週末ではないから、明日も仕事のはずなのにあまりにも遅い。

なんとなく胸騒ぎがして、わたしはベッドを出た。カーディガンを羽織って、注意深く階段を下りる。

一階に下りると、自動的に廊下の灯《あか》りがついた。振り返って玄関の方を見たわたしは息を呑んだ。

大きな身体が玄関に頽《くずお》れていた。

慎也だ。わたしは駆けよって、彼を揺り起こした。

「どうしたの？　大丈夫？」

低い鼾《いびき》をかいている。どうやら酔いつぶれてタクシーででも帰ってきたのだろう。彼の身体を抱え起こそうとしたが、あまりにも重い。

「起きて。こんなところで寝ていたら、風邪を引く」

わたしは強めに揺さぶった。彼はようやく目を開けた。

酒臭い息が顔にかかって、わたしは思わず顔を背けた。

「そんなに、俺が嫌いか……」

唸《うな》るように彼はそう言った。

「そんなこと言ってないでしょ。こんなところで寝ちゃ駄目。着替えて、せめてソファに……」

わたしが肩を支えると、彼はよろよろと起き上がった。

「全部忘れてくれたんだろう」

「え……？」

「俺のために、全部忘れてくれたんだろう」

彼の手がわたしの肩をがっちりとつかんで、強く壁に押しつける。背中が軋《きし》んだ。

「放して。痛い」

彼はなにを言おうとしているのだろう。

「なにもかも忘れてくれて、一からやり直すんじゃないのか」

「なに言っているのかわからない。でも、放して」

彼が怖くて、身体がすくむ。顔が近づいてきて、唇を押しつけられた。

嫌悪感が背中を這い上がる。気づけば、強く突き飛ばしていた。

「なぜだ。南！」

まるで泣き出しそうな顔で彼は言う。

「俺はおまえの夫だぞ！」

知らない。なにも覚えていない。たとえそうでも、わたしは彼を愛してなどいない。そして、愛していたからといって、こんなふうに乱暴に扱われる理由はない。

彼はまたわたしに近づいてきた。恐怖に逆らえず、わたしは後ずさった。

いきなり、近くのドアが開いた。

ドアから出てきたのは祐未だった。険しい顔で腰に手を当てて、慎也を睨み付ける。

「今、何時だと思ってるの？」

「夫婦の間に口を出さないでくれ」

「酔って帰ってきて偉そうなこと言わないで。さっさと寝なさい」

彼女は強い口調で叱りつけた。全身の力が抜けるのを感じた。

慎也は、低く唸るとよろよろと二階に上がっていった。

「すみませんでした……」

祐未は、顎《あご》をしゃくるようにわたしを見た。

「南さん、あなたもう実家に帰ったら？」

最初の日も同じようなことを言われたが、まるで違うように聞こえた。

帰りたい。ここはわたしのいるべき場所ではない。

だが、なにも知らないままではいられない。

「慎也さんは、自分のためになにもかも忘れてくれたって言いました。わたしが記憶を失う前になにがあったんですか？」

祐未は少し笑った。

「知りたいの？　嫌な話よ」

「教えてください」

彼女はわたしの前を通り過ぎて、リビングに向かった。わたしも彼女の後を追う。

祐未が電気ケトルに水を入れ、湯を沸かすのをわたしは待っていた。

目の前に置かれたのは、いい匂いのするハーブティーだった。

彼女はわたしの隣に腰を下ろした。ゆっくりと足を組む。

「これだけ教えてあげるわ。あなたを階段から突き落としたのは、慎也よ」

# 第二章

その人をはじめて見かけたのは、春のはじめ、泊まっていたホテルのバーだった。

仕事を終え、ホテルにひとりで帰った。なんとなく、人恋しくて、わたしはひとりでホテルの最上階にあるバーに向かった。

バーのカウンターには、カップルがひと組いるだけだった。フロアにもあまり客は入っていない。平日の夜だからそんなものかもしれないが、大阪もあまり景気はよくないのだろうかとぼんやり考える。

バーテンダーとおしゃべりでもしようかと、カウンターに座った。

モーツァルトミルクを作ってもらっている間、なにげなくフロアを見回すと、その人の姿が目に入った。

ソファ席にひとりで座って、文庫本を開いている。テーブルの上にはウィスキーグラスがあった。

端整な横顔に、細いフレームの眼鏡が複雑な陰影を落としている。きれいで、そして真《ま》面目《じめ》そうな人だった。

もちろん、真面目かどうかはわからない。ひとりで本を読んでいて、眼鏡をかけていたって、誠実でない人はいくらでもいる。雰囲気に惑わされてはいけない。

だが、彼がきれいな顔をしていることは事実で、それだけは覆されることはない。

男性を外見の良さで選ぶと、目の曇った人間のように扱われることが多いが、見た目はわたしを決して裏切らない。

なにも自分の全財産を管理する人や、弁護士を選ぶわけではない。その場合は、いくら美しい人が好きだといっても、無能な人を選ぶわけにはいかない。

だが、つかの間楽しく過ごす人を選ぶのなら、外見で選んでなにが悪いのだろう。

話がおもしろい人と一緒にいるのは楽しいと思うけれど、見かけが悪いことが、話題が豊富なことや優しいことと同じではない。世の中には、自慢話しかできない上に、見てくれもよくない男だってたくさんいる。

少なくとも、美しい人を選べば、一緒にいる間、その美しさを楽しむことができる。その姿を見ていることに飽きるまでは間が持つし、美しい人というのは芸術品と同じだから、なかなか飽きないものだ。

こんな本音を話せば、多くの人たちはわたしのことを傲慢《ごうまん》と言う。鼻持ちならない女だと言うだろう。

でも、「女は美しければいい」という男は決して珍しくない。おまけに、美しさだけではなく、貞淑さや優しさ、家事能力まで求めている男性もいる。そういう人たちに比べれば、わたしなんて慎ましいものだと思うし、たとえ傲慢だとしてもなにが悪いのだろう。

わたしはただ、美しい人が好きなだけだ。優しい人が好きだというのと、なにが違うのだろう。

別に美しくない人は死んでしまえなどと思わないし、他の人が美しくない人と付き合っていても、趣味が悪いとは思わない。わたしとは基準が違うだけだ。

わたしの両親は、人を簡単にクラス分けした。卒業した学校、住んでいる土地、その人や家族の職業、服の趣味、話題が上品かどうか。

すべてが合格点に達していない人のことは、容赦なく見下した。

家に招いた友達が、ケーキと紅茶を食べた後、食器を台所に持っていって、「ごちそうさまでした」と言わなければ、もう二度と家に呼んではいけないと言われたし、たとえそれをちゃんとできても、両親が離婚しているとか、親の職業がどうとかで、遊んではいけないと言われることもしばしばだった。

両親はそれでも、自分のことを知性があり上品で、心のきれいな人間だと思っていた。クソッタレ、だ。

だから、わたしは心の美しさなど信じない。上品さも、知性もどこか疑いの目で見てしまう。

心のきれいな人だと思って親しくなって裏切られることはあっても、外見の美しさにそれ以外を求めなければ、裏切られることはないのだ。その美貌《びぼう》が生まれつきか、整形かということも別に気にならない。

まあ、わたしもかなり性格が歪《ゆが》んでいるかもしれない。

ともかく、その男性の顔は、わたしの気持ちを揺さぶった。

モデルのように人目を惹《ひ》く美青年というわけではないのに、彼の美しさには、どこか音楽めいた調和があった。

若いバーテンダーもそれなりのハンサムだったが、整っているだけで安っぽい。まるで、果汁ではなく香料しか入っていないオレンジドリンクみたいだ。

わたしは、モーツァルトミルクを飲みながら、少し考え込んだ。

彼と仲良くなりたい。話がしたい。恋に落ちたい。

彼の側からノーを突きつけられる可能性もあるが、やってみる価値はある。わざわざバーで読書をしているのだから、少しは誰かに声をかけられることも想定しているのではないだろうか。

わたしは、グラスを手に、スツールを半分回して、彼のことをじっと見た。

視線を感じたのか、彼が顔を上げた。目が合う。

わたしはにっこりと微笑《ほほえ》んだ。彼は少し驚いた顔をしたが、それでも目を細めて笑った。

わたしは決して、生まれつきの美人ではない。だが、それなりに美人に見えるように努力している。

ダイエットをして細身のスタイルを維持している。髪も必ず時間をかけてスタイリングする。服にも爪《つめ》にもお金をかけ、いつも踵《かかと》の高い靴と華やかなアクセサリーをつける。メイクは派手すぎないように心がけるが、肌の手入れには手を抜かない。

大事なのは、いつも余裕と自信を持つこと。

自信たっぷりに振る舞っていれば、なぜかそれなりに美しく見える。人の目なんて、そんなものだ。

彼は、また本に目を落としたが、何行か読んだだけでまた顔を上げた。わたしはさっと目をそらした。だが、彼はわたしに見られていたことに気づいたはずだ。

甘いモーツァルトミルクを、一口飲んで、もう一度彼の方を見る。彼はわたしの方をじっと見ていた。

悪くない反応だ。行ける。

別にベッドを共にしたいと思っているわけではない。実を言うと、セックスはあまり好きではない。

求められている実感があるのは悪くないが、どうしてもしたいとは思わない。ふたりでロマンティックな時間を過ごせればいいと思っている。

わたしはグラスを手に立ち上がって、彼の席に向かった。

「待ち合わせ？」

「いや、ひとりだよ」

彼ははにかんだように笑った。声もいい。低くて、柔らかい声だ。美点が増えた。

「わたし、友達にすっぽかされちゃった。なんか寂しくて。もし、あなたがひとりで過ごしたいならカウンターに戻るけど……」

「いや、大歓迎だよ。どうぞ、こちらに」

ソファの隣を指さす。わたしはそこに腰を下ろした。

「このホテルに泊まってるの？」

「いいや、この近くに住んでいる。ここのバーが気に入っているんだ」

たしかに、素敵な空間だ。大きな窓から大阪の夜景が一望できる。

「いいわね。わたしも気に入った」

「だろう。あなたは？　仕事かなにかで大阪にきているの？」

「ええ、そう」

仕事のため、大阪に一週間滞在することになっている。まだ三日しか経《た》っていないのにわたしはすっかり退屈していた。

田舎よりは遊ぶところや、食事をするところに困らないが、だからといって東京やパリや上海《シャンハイ》よりも心が躍るわけではない。雑然とした空気を味わいたいなら、もっと活気のあるシンガポールやバンコクに行く。

わたしはそっと彼の手に目をやった。細くて長い指、薬指には指輪はない。

結婚相手を探しているわけではないから、既婚でも気にならないのだが、面倒くさいことになるのは避《さ》けたい。

「わたしは渚《なぎさ》」

姓まではまだ伝える必要はないだろう。彼は、わたしの名前を、何度か口の中で転がした。

「素敵な名前だね。漢字一文字で母音がAとIしかないところがいい」

変な部分を気に入る人だ。

「ぼくは晴哉だ」

彼の名前を聞いて、わたしは微笑んだ。

「あなたはAとUしかない」

「ああ、そう言われてみればそうだ。自分の名前のことは気にならないから」

ならば誰の名前ならば気になるというのだろう。

彼はわたしではない別の誰かのことも考えている。その人の名前も、漢字一文字でAと

Iを母音に持っていたのだろうか。不思議と嫌な感じはしなかった。

「晴哉さんの恋人の名前は、どんな母音でできているの？」

そう尋ねると、彼は困ったような顔で笑った。

「恋人はいないよ。目下、大失恋をしたばかりだ」

「そうなの？」

わたしは身を乗り出した。

「もし、晴哉さんが嫌でなければ、ちょっと聞きたい」

「大した話じゃない。おもしろくもない。好きな人に、携帯電話の着信を拒否されて、連絡も取れなくなった。それだけだよ」

「その前にけんかでもした？」

「ああ、口げんかはしょっちゅうだった。もともと、好きになってはいけない人だったんだ」

彼はおもしろくもない話だと言ったが、意外におもしろそうだ。

「不倫とか？」

彼は少し悲しそうな顔になった。笑顔よりも、憂い顔の方が彼の美しさが際立つ。

「出会ったときは、そうじゃなかったんだけどね。ぼくも悪かったんだ。彼女のことは好きだったが、恋愛感情だということを自覚するのに時間がかかった。ぼくよりも、別の人の方が彼女を幸せにできると思っていたし、それが彼女のためだと思っていた」

要するに、もたもたしている間に、別の男性にとられて、その後、自分がその人を好きだったということに気づいたということだ。

別の人から聞いたなら、鼻で笑ってしまいそうな話だったが、彼にはその不器用さがよく似合っている。

「彼女も、あなたのことが好きだった？」

「彼女の口からそう聞いた。ぼくのことが好きだと」

それは泥沼だ。彼の片思いならば、それは単なる罪のないロマンティシズムで終わる話だが、もし、その女性が彼を好きになってしまえば、物事はいきなりややこしくなる。

だが、この美しい人を好きにならずにいられるだろうか。

結婚した後、この憂いを秘めた人から「ずっと好きだった」と告白されて、心が揺らがずにいられるだろうか。

わたしはいつの間にか、彼の話に夢中になっていた。この人の、恋の話が聞きたい。この人が恋に苦しむところが見たい。

その気持ちが自分に向けられていなくてもかまわない。わたしに簡単に恋する男よりも、決してわたしを愛さない男の方が、ずっとミステリアスで魅力的だ。

こんなふうに感じるのははじめてのことだった。

いつだって、自分のことにしか興味がなかった。異性も同性も、恋人も友達も、わたしのことをいちばんに優先してくれる人としかつきあいたくなかった。

なのに、わたしは今、この人に強く惹かれている。

わたしはじっと彼の目を見つめた。彼は、少し困ったように笑った。わたしは彼の方に身体を移動させた。

「ねえ、その話、もっと聞かせて？」


バーは、午前零時でクローズだったから、わたしの部屋でもう少し話をすることにした。

彼は最初、わたしの誘いをやんわりと断ろうとした。

「いや、こんな時間に女性の部屋に行くわけには……」

「わたしに襲われると思っている？」

そう言うと、彼は驚いたような顔になった。

「わたしは別になんの期待もしていない。あなたがわたしに興味があるとも思わない。あなたには好きな人がいることを知っている」

晴哉は、少し目を伏せて笑った。

「参ったな」

「わたしにはレズビアンの友達もいるけど、彼女とふたりっきりになったからって警戒したりはしない。それと同じじゃない？」

ヘテロセクシャルの男性でも、すべての男性がわたしに欲望を抱くわけではない。ただ、ふたりきりになることとイコールわたしが心を許したと思う男性もいて、恋愛感情がなくてもセックスを求められることはある。

そういう相手とは、なるべく関《かか》わらないようにするのがいちばんだ。

彼はたぶんそんな人ではないし、わたしは彼に興味がある。暴力的な行為でなければ、そういうことになってもかまわないという気持ちがある。

もちろん、それは匂《にお》わせない。

「じゃあ、少しだけ。相談に乗ってもらえる相手がいなかったから、吐き出して気が楽になった」

最上階から、わたしの部屋のあるフロアまでエレベーターで降りる。ジュニアスイートの部屋は、寝室とリビングが分かれている。リビングのソファに彼を案内した。

「はじめて部屋に入った」

彼はそう言って、リビングを見回した。

ルームサービスに電話して、シャンパーニュとキャビアを注文する。

「そんなものルームサービスで頼んだらすごい値段になるだろう」

驚いた顔の彼にわたしは笑いかけた。

「ロマンティックな話を聞かせてもらえるお礼。気にしないで」

いつも、狙《ねら》いを定めた男性の前では、あまり素の金銭感覚は見せないようにしている。それだけで、距離を置かれることもあるし、プライドが傷ついたような顔をする人もいる。贅沢《ぜいたく》に慣れていない人だけではなく、なぜかわたしと同じくらいの収入がある男性でも、不快そうな顔をすることがある。

反対に、わたしのお金ならいくら使っても大丈夫だと思われるのも、あとあと面倒だ。

彼はわたしに興味がない。好きに振る舞っても気にしないだろう。

すぐにシャンパーニュが運ばれてくる。わたしはドアのところで従業員からトレイを受け取ってリビングに戻った。

シャンパーニュの栓を開けて、フルートグラスに注ぐ。

「それで、その人とは、いつから連絡が取れなくなってしまったの？」

「先月からだ。携帯電話も着信拒否された。アドレスを変えてしまったのか、メールも届かない」

「別れを告げられたの？」

「もう会わないと言われた。だが、ぼくのことはまだ好きだと」

舌の上で、シャンパーニュが甘く弾《はじ》ける。好きだからこそ、会わない。理屈は通っている。

「彼女は働いている？」

職場に連絡をするという方法もある。

「いいや、今は働いていない」

「専業主婦ってわけね。子供は？」

「いないよ。そもそも結婚してから、まだ一年くらいしか経っていない」

まだ新婚なのに、浮気をされるその夫の気持ちを少し考えた。ろくでもない男である可能性もあるが、晴哉は、その夫の方が彼女を幸せにすると考えていた。善良な男性なら、あまりにも可哀想《かわいそう》だ。

もっとも、わたしも心から同情しているわけではない。キャビアをブリヌイに包んで、サワークリームを添えながら、「可哀想」と一瞬思うだけだ。

「じゃあ、自宅の電話番号は知っている？　自宅の場所は？」

「知っているよ。ぼくの実家だからね」

キャビアを口に運ぼうとして、わたしはぽかんと彼を見た。

「どういうこと？」

「彼女が結婚したのは、ぼくの兄だ」

正直に言うと、少し思った。まるでメロドラマだ、と。

とはいえ、当事者には当事者の苦悩がある。それはどちらかというとシニカルなわたしにもわかる。

「ならば、堂々と訪ねられるんじゃ？」

「実家の母や姉と折り合いが悪くてね。誰もが兄の味方についている。ぼくに同情的な者はいないし、出入り禁止になっている」

今度はその女性を可哀想だと思う。

扶養してもらうという結婚のメリットを享受しながら、他の男と不倫をする女だと思っていたが、姑《しゅうとめ》と小姑《こじゅうとめ》と同居していると聞けば、少しもうらやましくはない。

わたしならば、そんな窮屈《きゅうくつ》な環境はまっぴらだ。

「でも、家と電話番号がわかっているなら、連絡をとる方法がありそうじゃない？」

「携帯電話も着信拒否されているんだ。会いに行っても拒絶されるだけだ」

「でも、嫌われたわけじゃないんでしょう。家族が、あなたとその人を遮断しようとしているだけかもしれない」

専業主婦で、家に義理の母と姉がいるのなら、その女性が晴哉と連絡を取らないように見張ることもできる。

家族にもその関係が知られてしまったのなら、なんとしてでも晴哉と彼女を会わせないようにするだろう。

「その女性が、あなたのことを愛していると言ったのならあきらめちゃ駄目だと思う」

そう言いながら、わたしは考える。もし、自分ならどうするだろう。

自分の立場に置き換えるのは難しい。わたしなら、結婚して専業主婦になることも、義母や義姉と同居することもない。

そこまで妥協するほど、結婚に対して憧《あこが》れはないし、自立する力を奪われるなんてまっぴらごめんだ。

ましてや、他に好きな人がいるなら、さっさと別れて、その人のところに行く。まあ、慰謝料《いしゃりょう》だとかを請求されたり、裁判沙汰《ざた》になるかもしれないが、それは仕方がない。我慢することはなにより嫌いなのだ。

晴哉の立場になる方が想像しやすいかもしれない。

好きになった人が自分の姉妹と結婚してしまう。親とは折り合いが悪く、会うことはなかなか難しい。

これはこれで、イライラする。その人がわたしのためになにもかも捨ててくれないのなら、恋心など冷めてしまう。

でも、晴哉は違うのだろう。ただ、その人を思い続けている。

そこがぞくぞくするほど魅力的だ。

その女性のことはずるいと思う。

生活を夫に依存しながら、一方で晴哉にもいい顔をする。彼女のせいで、ふたりの男が不幸になっている。間違いなく、わたしが大嫌いなタイプだ。

晴哉のことを本当に愛しているなら、さっさと夫と別れればいいのに、そうしないということは、夫との生活を継続させることを選んだのだろう。

ろくでもない女だ。

これ以上深追いしても、晴哉は傷つくだけだ。だが、わたしは思うのだ。この人がもっと傷つくところが見たい、と。

午前三時頃、彼は「もう遅いから」と言って、ソファから立ち上がった。

「話を聞いてくれてありがとう。少しだけ気が楽になったよ」

わたしは上目遣いに彼を見上げた。

「ねえ、連絡先を教えて。また大阪にきたとき、一緒に話がしたい」

晴哉は快く教えてくれた。わたしが心の奥に抱えている、暗い欲望になどまったく気づいていないかのように。

わたしの家が東京だと聞くと、彼は小さく頷《うなず》いた。

「ぼくも近いうちに東京に行こうかと思っているんだ」

「なにかあるの？」

「彼女の妹が東京に住んでいる。妹なら、遮断されずに連絡が取れるかもしれない」

それはいい話を聞いた。

「じゃあ、わたしの家に泊まれば？　部屋は余分にあるし、ときどき、人に貸しているの。好きに使ってくれればいい」

深く思えば思うほど、彼は傷つく。彼はそれに気づいていない。

彼が立ち去ったあと、残ったシャンパーニュを飲みながら、わたしは考え込んだ。

この気持ちは、どんな悪徳と呼ばれるのだろうと。


晴哉と再会したのは、二週間後だった。

彼が東京にやってくるというので、わたしは仕事のスケジュールを調整して、東京駅まで彼を迎えに行った。

小さなボストンバッグひとつでやってきた彼を、タクシーに押し込む。

「別に子供じゃないから、わざわざ迎えにきてくれなくてよかったのに」

「いいの。わたしが世話を焼きたいだけだから」

わたしのマンションは日本橋にある。徒歩では少し時間がかかるし、かといって、乗り換えもややこしい。タクシーがいちばん便利だ。

マンションの前で降りて、エントランスに入る。大規模なタワーマンションのような建物は苦手で、わたしが選んだのは低層のゆったりとした造りのマンションだった。

彼はきょろきょろとエントランスを見回している。

「すごいな。東京のこんな都心のマンションは、家賃も高いだろう」

「分譲だから関係ないわ」

便利な場所だから、売りたいときに売ることもできる。

わたしの部屋は五階だ。ひとつのフロアには一部屋しかない造りになっているから、隣人に気兼ねすることもない。

鍵《かぎ》を開けて、わたしは彼を中に入れた。玄関脇にある部屋のドアを開ける。

ベッドと机と椅子だけ置いた、殺風景な部屋だ。海外の友達が遊びにきたときなどに、よく貸している。

「ここを好きに使って」

わたしの部屋はリビングの隣にある。

トイレとバスルームの場所を教えて、彼をリビングに案内した。エスプレッソマシンのスイッチを入れて、コーヒーを淹《い》れる。

リビングの窓からは隅田川がよく見えた。

「すごいな。渚はいったい、どんな仕事をしているの？」

「アクセサリーのお店をね」

五年前に小さな一軒の店舗から始めた店は、今やデパートに出店するほどになっている。もっと手を広げないかとは言われているが、仕事に忙殺されるのもあまり好きではない。生活に困らない程度に続けられればそれでいい。

彼だって、高級ホテルのバーの常連になるくらいなのだから、貧困にあえいでいるわけではないだろう。

「妹さんとは連絡取れているの？」

彼の妹ではない。彼の好きな人の妹だ。

「ああ、会う約束もした。渋々だったが、ＯＫしてもらえたよ」

「会ったことあるの？」

「会ったことはないけれど、電話番号はなにかあったときのために聞いていた。結婚する前、彼女には他に家族がいなかったからね」

わたしはコーヒーカップを彼に渡した。自分のカップもマシンにセットして、二杯目を入れる。

「わたしも一緒に行っていい？」

そう尋《たず》ねると、さすがに驚いた顔になる。

「どうして渚が？」

「晴哉が丸め込まれてしまわないか、心配なの。もちろん、一緒に話を聞いたりしない。妹さんがびっくりするでしょうから。でも、どうせカフェか喫茶店かどこかで会うんでしょ。一緒に行って、近くの席に座ってちゃ駄目？」

彼は少し考え込んだ。

「明日の午後、約束しているんだ。でも渚は仕事があるだろう？」

「店は開いているけど、オーナーがずっと店にいなきゃいけないわけじゃないもの。時間は取れるわ」

幸い、商談や打ち合わせの予定は入っていない。自由に動ける。

「わかった。その代わり、話に入ってこないでくれるか？」

「もちろんよ」

本当は、彼の愛した人の顔が見たい。だが、それはすぐには難しそうだ。

その日は、晴哉とふたりで過ごした。

昨日、異業種交流会で知り合った弁護士の男性から、何度もメールが入っていたが、わたしはそれを無視した。

昨日だって、あまり気のない返事しかしなかったのに、こんなに早くメールを送ってくるなんてつまらないし、興味をそそられない。

行きつけのビストロで、晴哉と夕食をとった。わたしは彼に尋ねてみた。

「ねえ、晴哉が好きな女性って、なんて名前なの？」

彼は少しはにかんだように笑って答えた。

「南、というんだ。三笠南」

なるほど、母音がAとIだけで、漢字一文字だ。

だが、なんだかバスの停留所みたいな名前だと思う。もしかすると、わたしはまだ知らない彼女に、嫉妬《しっと》しているのかもしれない。


晴哉が三笠南の妹と待ち合わせをしたのは、日比谷のホテルのラウンジだった。

妹が先に来ている可能性もあるから、エントランスから晴哉と別に入り、近くの席に座った。コーヒーを注文して、タブレットPCで、仕事のメールを読むふりをする。

待ち合わせの時間から三分くらい遅れて、それらしき女性が入ってきた。目印だという黄色いスカーフを巻いている。

きれいに整えられたボブカット、シンプルでマニッシュな服装だが、センスがよく、服が好きなことがわかる。

彼女は険《けわ》しい顔をしていた。晴哉の前に座り、注文を取りにきたウエイターに、メニューも見ずに「コーヒー、ホットで」と言い放つ。

ウエイターが立ち去ってしまうと、彼女は晴哉に言った。

「電話でも言ったけど、あなたに話すことはなにもない」

「南さんと連絡が取りたいんだ」

「お姉ちゃんは、あなたに会いたくないと言ってる」

「本当に？　彼女はまだぼくのことを思っているはずだ」

彼女は大きくためいきをついた。

「これ以上、お姉ちゃんを振り回さないで」

「小雪さん……」

「お姉ちゃんは、なにもかも忘れて、これから幸せになるの。あなたに邪魔はさせない」

わたしは離れた席で考える。いくら姉妹だからって、勝手になにが幸せかを決めつけるのはおかしい。

「なぜ、彼女はぼくに会ってくれないんだ」

「会いたくないからよ。もう顔も見たくないし、声も聞きたくないって」

だが、それが本当なら、三笠南の口からそう言えばいいのだ。別の誰かが、南のことばを代弁する必要などない。

晴哉はすがるように言った。

「一言でもいい。彼女の口から、もうぼくを愛していないと聞けばあきらめる」

小雪と呼ばれた妹は、わざとらしいくらいのためいきをつく。

「もううんざり。お姉ちゃんをそっとしておいてあげて」

「ぼくは彼女を愛している。彼女だってぼくを愛していると言った」

小雪はきりきりと唇を噛《か》んだ。しばらく黙りこくったあと、口を開く。

「愛しているなら、どうしてあんなことをしたの？」

思わず身体《からだ》ごと、ふたりの方を見てしまった。晴哉と目が合って、あわてて視線をそらす。

あんなこととはいったいなんなのだろう。晴哉と南の間にはなにがあったのだろうか。

晴哉は声を震わせた。

「申し訳ないと思っている……」

「本当に申し訳ないと思っているなら、もうお姉ちゃんに近づかないで」

「どうしても彼女に連絡は取れないのか？」

「無理よ」

小雪はこれ以上ないほど冷たい声で言い放った。

「お姉ちゃんは、もうあなたのことを忘れたの」

小雪が立ち去った後、わたしはソファの上でほの暗い喜びを噛みしめていた。

南の本心など、わたしにはどうでもいいことだ。

ただ、ひとりで下を向いて、意気消沈している晴哉のことが愛《いと》おしかった。わたしはこれからも彼の力になる。彼の手助けをする。

そして、恋に傷つく彼の姿を、近くで眺め続けるのだ。


家に帰ってからも、彼はあまり口を利かなかった。

わたしも無理になにかを聞き出すつもりはない。晴哉と南の間にどんな裏切りがあろうが、大して興味はない。

ゴシップならば、いろんな場所に落ちている。

それよりも晴哉にもっと信用してもらう方が、今の私には大事だ。こういうとき、自分の好奇心を先に満たそうとする人間を、信用する人などいない。

わたしは自分勝手な人間だが、そういうデリカシーはあるのだ。

「晩ご飯、どうする?」

そう尋ねると、彼は少しだけ我に返ったように笑った。

「あまり食欲がない。渚が食べに行きたければ付き合うけれど……」

「無理して食べてもおいしくないでしょ。お蕎麦《そば》でも茹《ゆ》でるわ。そのくらいなら食べられる?」

「そうだね。ありがとう」

凝った料理はしないが、蕎麦かうどん、シンプルなパスタくらいならば作る。簡単にできておいしいものは好きだ。

大鍋《おおなべ》に湯を沸かしている間に、葱《ねぎ》を刻んで、冷凍してあったわさびを解凍する。

晴哉は、ぼんやりと窓の外を眺めていた。南のことを考えているのだと思うと腹立たしいような気持ちになるのに、同時に悦《よろこ》びも感じる。

湯が沸いたので、乾麺《かんめん》を鍋に入れ、タイマーをかける。

「明日、大阪に帰るよ」

晴哉は、こちらを見ずにそう言った。

「一度では連絡取ってもらえないかもしれないから、何度か頼んでみるんじゃなかったの?」

メールでやりとりする時点では、彼はそう言っていた。

「あの様子じゃ難しいと思う。一度帰って頭を冷やしてみるよ」

「そう……」

無理に引き留めるようなことではないが、一応言ってみる。

「わたしは気にしないから、別にいてもいいよ」

「ありがとう。でも、少し考え直してみたいんだ」

「そう……」

これでもう会えなくなるわけではないが、寂しいのも事実だ。

タイマーが音を立てる。

わたしは慌てて、コンロの火を消して、鍋の中身をざるに空けた。氷水で麺を締めて、薬味を盛りつける。

「できた。食べましょう」

麺を盛りつけた器と、薬味、つゆの容器をテーブルに運ぶ。

食べ始めたとき、ちょうど、わたしの携帯電話が鳴った。箸《はし》を置いて、電話に手を伸ばす。

兄の康幸《やすゆき》からだった。

「渚、今、ちょっといいか？」

「食事中だけど、すぐ済むならいいよ」

兄は少し口ごもった。

「じゃあかけ直す。一時間後なら大丈夫か？」

「なによ。気になるから用件だけでも言ってよ」

「いや、ちょっと言いにくい話だから」

わたしは唇を歪めた。兄がなにを切り出そうとしているのか、すぐにわかる。

「なにか困ってるの？　手伝える？」

優しい声でそう言うと、乾いた笑い声が聞こえた。

自分で言い出さずに済んだことにほっとしつつも、見透かされたことに少し腹を立てている。きっとそんなところだ。

「渚には敵《かな》わないな。そうなんだよ。今月いろいろ物入りでね……。部下の結婚式もあったし、美亜《みあ》のバレエの発表会もチケットの負担が大きいんだよ」

姪《めい》の発表会のチケットは、わたしも買わされた。子供のバレエの発表会だというのに、一万四千円もした。なんでも、生オーケストラを使い、有名なダンサーを呼ぶらしい。

「いくらくらいいるの？　十万円？」

「ああ、えーと」

「十五万？　二十万？」

「それだけあれば当座はしのげるよ。本当に助かる」

はっきり返事がないところをみると、二十万貸してほしいということだろう。

「じゃあ、明日振り込む。その代わり、受け取りだけ書いてね。わたし、すぐ忘れちゃうから」

あからさまにほっとしたような声が返ってくる。

「わかった。じゃあ、今日これからそっちに行って書くよ」

「今日は友達がきている。明日でいいわ」

「ありがとう。渚。本当に助かるよ」

「大丈夫。役に立ててうれしい」

兄にこれまで貸した金額は、九百四十万になる。明日振り込む分を合わせると、九百六十万円。もうすぐ一千万。もちろん、忘れてなどいない。忘れたふりをしているだけだ。

実家を売れば、土地だけで二千五百万にはなるから、まだもうちょっと貸してもいい。書いてもらった借用書は、すべて税理士に保管してもらっている。便箋《びんせん》に書かれたものでも、法的にはちゃんとした証拠になる。時効にならないように、ときどきやんわりと催促もしている。

この借用書をまとめて、義姉《あね》に突きつけるときのことを思うと、ぞくぞくした。今日でもいいし、明日でもいい、一年後でもいい。

あの、プライドが高く、わたしのことをバカにしている義姉が、この事実を知ったらどう思うのだろう。返せと言っても、あの家族には簡単に返せないだろう。返せるような状態なら、わたしに定期的にお金を借りたりしない。

うやむやにするつもりはない。わたしの好きなタイミングで話して、ちゃんと回収するだけだ。そのときに恨まれようが嫌われようがかまわない。両親もきっと兄の味方をするだろうが、貸したのは事実で、返してもらうのは当然だ。銀行ローンやクレジットカードのローンで借りれば、多額の利子が付くのだから、感謝されてもいいくらいだ。

だが、わたしは知っている。返してもらうときに感謝されることなどないだろう。宝くじでも当たれば別だが。

電話を切って、箸を取る。顔を上げると、晴哉がわたしを見ていた。

「兄からなの」

そう言っても彼の表情は晴れない。生々しい話をしていたことは聞こえているだろう。

「借用書もちゃんと書いてもらって、うちの税理士に保管してもらってるし、大丈夫。兄はまだ子供も小さいから、いろいろ物入りなの」

そして、娘を私学に通わせ、バレエを習わせたりしている見栄《みえ》っ張りでもある。美亜が高校生や大学生になったらどうするつもりなのだろう。

わたしの仕事がいつまでもうまくいくかどうかはわからないし、たとえうまくいっていても、際限なく兄にお金を貸すつもりはない。

確実に回収できるのは、両親が家を売って補填《ほてん》できる分だけ。しかも半分はわたしにも相続の権利があるから、多く見積もっても千三百万程度だ。

晴哉はやっと表情を和《やわ》らげた。

「渚は優しいな」

なぜか、急に居心地の悪さを感じて、わたしは蕎麦を箸でたぐった。

「別に優しくなんかない。借金の申し出なんか、ちゃんと突っぱねた方がいいに決まっている」

病気や失業などで、急に必要になったお金を貸すのとわけが違う。わたしが兄にお金を貸し続けていることで、兄は自分の金銭感覚を見直すこともなく、ただ借金の額を増やし続けている。

たぶん、わたしはこうやって兄に復讐《ふくしゅう》をしているのだ。首の後ろに、そっと刃物を押し当てて笑っている。

いつだって、これを振るうことができるのだ、と。

「じゃあ、なぜ断らない？」

本当のことなど言うつもりはなかった。彼の前では、仮面をかぶり続けるつもりだった。

わたしは少し疲れていたのかもしれない。

「さあ、嫌いだからじゃない？　兄のことが」

晴哉は驚いた顔になった。嫌悪の色は感じられなかった。

彼はぽつりと言った。

「ぼくと渚とは、少し似てるのかもしれないいな」

彼の心の奥底にある、小さな扉が開いたような気がした。


晴哉はたった三日、わたしの家に滞在しただけだった。

なのに、彼が帰ってしまったあと、どうしようもないような喪失感に囚《とら》われる。

彼に好きな人がいることは、知っているはずなのに、恋をしているような気持ちになる。

自分で自分の感情が制御できない。

わたしは本当に、彼のことを好きになりかけているのだろうか。

だが、わたしが惹かれている彼は、失った恋を追い続けていて、わたしのことなど意識さえしない人だ。

同じ家に泊まってさえ、ロマンティックな空気にすらならなかった。

彼が、三笠南のことを忘れてしまい、これまでわたしの恋人だった男のように振る舞っても、わたしは彼を好きでいられるのだろうか。

不思議なことに、晴哉がわたしに手を伸ばすところなど、どうやっても想像できないのだ。

それから一週間、わたしは鬼のように働いて、三日間の休暇をもぎ取った。

日曜日の夜、仕事を終えると、最終の新大阪行きの新幹線に乗り込む。グリーン車の窓際の席に座って、晴哉にメールを打った。

「仕事でこれから大阪に行くから、また会えない？」

すぐに返信がくる。

「もちろんだよ。いつまでいるの？」

彼との糸がまだ繋《つな》がっていることにほっとする。携帯の電話番号とメールアドレスしか知らないから、彼からの返事がなければそれで終わりだ。

「水曜日の夜には帰らないといけないんだけど、少し相談があるの。なるべく早く会いたい」

わたしはなにを焦っているのだろう。急がないと、なにか大事なものをつかみ損ねてしまう気がした。

「今は？」

「新幹線に乗ってる。もうすぐ新横浜」

「最終？　じゃあ新大阪に迎えに行くよ」

「ホテルまでタクシーで行くから部屋に入ったら部屋番号をメールする。このあいだと同じところに泊まるから」

「わかった。じゃあ、時間を見計らって行くよ」

約束を取り付けたのに、まだ不安な気持ちはおさまらない。

わたしは深々とシートに沈み込んだ。窓の外の暗闇《くらやみ》がどこか濁って見えた。


ホテルにチェックインして部屋に入ったときには、真夜中を過ぎていた。

すぐに晴哉に部屋番号をメールする。疲れているはずなのに、気分が高揚して少しも眠くない。新幹線の中で、ついコーヒーを飲んでしまったせいかもしれない。

二十分ほど経って、インターフォンが押された。

ドアを開けると、晴哉が立っていた。部屋の中に招き入れる。

「どうしたんだい？　相談したいことって」

わたしは炭酸水のペットボトルを開けて、グラスに注いだ。

「わたしが南さんと会ってみたらどうかな」

晴哉の目が見開かれた。

「家も電話番号もわかってるなら、わたしが昔の友達のふりをして、南さんに会うことはできないかしら」

「だが、南はきみのことを知らない。ぼくも、彼女の友達の名前までは知らないから、誰かになりすますこともできない」

「もしかしたら、家族が晴哉に会わせないようにしているのかもしれない。わたしだったら家族が警戒しないで南さんに取り次ぐかもしれない」

電話さえ取り次いでもらえれば、あとは南と直接話せる。彼女の本心が聞き出せる。

晴哉は、困惑したような顔で、わたしを見つめていた。

「渚……本当になにからなにまで……」

「晴哉が嫌なら、無理強《じ》いはしないけど……」

「いや、頼んでいいか？　それで会えなければあきらめる」

わたしは首を横に振った。

「そのくらいであきらめないで。また他の方法を考えるから」

晴哉はスマートフォンを見ながら、備え付けのメモ帳に電話番号をふたつ書いた。

「上の携帯番号が、南のもので、下のはぼくの実家のものだ。彼女はたぶん、知らない番号からの電話は取らないから、実家にかけた方が確実かもしれない」

「わかった。明日電話してみる」

今日はもう遅い。明日の昼間ならば、彼の夫は仕事に行っているだろう。

「本当にありがとう」

晴哉の両手がわたしの肩に触れた。一瞬、抱きしめられるのかと思ったが、手はそのまま離れていった。

彼の手がわたしに触れたのは、はじめてだった。

「じゃあ、今日はもう帰る。疲れているだろう」

たしかに一日中仕事をした後、東京から飛んできたのだ。身体の芯《しん》までくたくただ。

「明日会える？」

「もちろんだよ。仕事が終わったら連絡する」

彼は微笑むと、そのままドアから出て行った。

わたしは、落ちるようにソファに座り込んだ。

どうしてだろう。好きな人に会えたのに、会う前よりももっと寂しいのだ。


その日の夜は、風呂《ふろ》に入って、すぐにベッドにもぐり込んだ。

翌朝、頼んでおいたルームサービスのベルで目を覚ます。

ぼさぼさの髪のままドアを開けて、ホテルマンを部屋に通した。

「おはようございます。よくお休みになれましたか？」

「ええ、おかげ様で」

嘘《うそ》ではない。ここのホテルのベッドは寝心地がよく、いくらでも眠れる。

「ベッドマットのメーカーはどこ？　シモンズ？」

「シーリーの特注品でございます」

次にベッドを買い換えるときの候補に入れておこう。

ワゴンを窓際にセットしてもらう。注がれたコーヒーの匂いでようやく頭がはっきりしてきた。

ルームサービスで朝食を食べるのは好きだ。ゆったりとした優雅な時間なのに、人の目を気にしなくていい。

レストランだとどうしても他人の目が気になる。ひとりで贅沢をしている女性は、奇異の目で見られることが多い。

紡錘形《ぼうすいけい》のオムレツにナイフを入れ、とろりと中身が溶け出すのを観賞し、シナモントーストをかじる。

いつか、晴哉と一緒にホテルの部屋で朝食を食べるようなことがあるのだろうか。それとも、そんなこともなく、いつか会わなくなってしまうのか。

人とのつながりなんて、流動的なものだ。仕事や、なんらかの利害が一致して長い期間一緒にいることはあるけれど、そうでなければ、どんなに強く惹かれたところで、明日はどうなるかわからない。

指の間からこぼれ落ちて、つかもうとすればするほどどこかに消えてしまう。

いつからか、なにも期待しないことに慣れてしまった。

本当に欲しいものが手に入らなくても、気晴らしになるようなことは世の中にあふれている。美味《おい》しい食事、金を持っている女性とのつながりを欲する若い男、きれいな服、つかの間の贅沢。

本当に欲しいものなど自覚しない方がいい。それが絶対に手に入らないものならどうしようもないし、手に入るもので満たされた気分になる方が賢い。

そんな考えを口にすれば、晴哉はどう答えるだろうか。

彼は、本当に欲しいものだけを見ている。わたしとは違う人種なのだ。

はじめて思った。彼に固執することはあまりよくない結果を生むかもしれない。

自分の人生が制御できなくなるのはごめんだ。


昼前に、わたしはスマートフォンから晴哉の実家に電話をかけることにした。

ホテルの電話からかけることも考えたが、悪いことをするわけではない。わたしの電話番号が残ったってかまわない。

部屋のドアには、DO NOT DISTURBの札をかけた。これで話が長くなっても邪魔されるようなことはない。

呼び出し音は意外に長く続いた。七回、八回。改めてかけ直すべきかと思ったときに、電話は取られた。

「はい」

女性の声だ。南だろうか。わたしは明るい声を出した。

「もしもし、わたし、南さんの高校のときの友達なんですけど、南さんにお話ししたいことがありまして……」

「どなた？」

「山本《やまもと》と申します」

よくある姓を名乗る。

「今、代わりますね」

南ではなかったようだ。だが、こんなにすんなり代わってもらえるとは思わなかった。

「南さん、電話」「誰から？」「高校のときのお友達だって」

そんな会話が聞こえたあと、先ほどとは違う女性の声がした。

「はい？」

少し不審そうな、でも柔らかくてきれいな声だ。一瞬、切ってしまおうかと思った。

「南さんですか？」

「そうですけど……」

「わたし、晴哉さんの友達です。晴哉さんはあなたに会いたがっています。別れるにしろ、あなたの口からちゃんと言ってあげてください……」

彼女が息を呑《の》むのがわかった。

返事はない。ただ静かな息づかいだけが聞こえてくる。

「ひさしぶり、元気だった？　懐かしいね」

次にそんなことばが返ってくる。わたしははっとした。

「もしかして、近くに誰かいるんですか？　話を聞かれたくない人が」

「そう。そうなの」

もしかして、電話を取り次いだのは、晴哉の姉だろうか。

「この番号は、クミちゃんの新しい携帯番号？」

架空の名前を出して、家族をごまかそうとしているのか。

「わたしの番号です。いつでも電話してくれたら、晴哉さんに取り次ぎます」

「ありがとう。クミちゃん相変わらず優しい……」

ほっとすると同時に、どうしようもなく寂しくなる。

晴哉と南は再会する。もしかしたら、もう一度よりを戻すかもしれない。そうなったら、わたしにはもうチャンスはないだろう。

だが、南は次にこう言った。

「知らせてくれて、とてもうれしい。でも、わたしやっぱり行けないわ」

「どうしてですか？」

「同窓会って、あんまり気乗りしないし……」

南は、高校の友人が同窓会の連絡をしてきたという芝居をしている。わたしは呼吸を整えてから尋ねた。

「それは、晴哉さんにはもう会わないということですか？」

「そう」

即答だ。もう彼に未練はないのだろうか。

「ねえ、クミちゃんはあの人のことやっぱり好きなの？」

息を呑んだ。動悸《どうき》が激しくなる。

「あの人って誰のことですか？」

「今、他の人の話なんかしてないでしょ」

晴哉のことだ。

そんなわけないです。友達です。そう答えるつもりだったのに、喉《のど》の奥から別のことばがせり上がってくる。

「好きです。南さんがもう彼のこと好きじゃないなら、わたしがもらいます」

返事はなかった。沈黙が続く。

予想が当たった。好きじゃないと言うよりも、好きだと言った方が、南は動揺すると思ったのだ。

一分ほど沈黙が続いていたような気がしたけれど、本当はもっと短かったかもしれない。

南は乾いた声で言った。

「いいなあ……あなたがうらやましい」

「だったら、もう一度会えばいいでしょう。晴哉さんは南さんのことがまだ好きです。南さんのことだけを考えているって……」

「わたしはもう駄目」

駄目とはどういうことだろうか。結婚したからか、別に一度結婚したらもう離婚できないわけでもないのに、なにを怖《お》じ気《け》づいているのだろう。

ふいに、彼女の声から芝居じみた様子が消えた。

彼女は低い声でこう言った。

「もし、なにもかも忘れてしまえたら、もう一度彼に会いに行くのに」

そして、電話は切れた。

晴哉にどうやって説明しようか考える。

うまくいくと信じ込んでいたわけではないが、自分の口から報告するのは気が重かった。

六時を過ぎた頃、彼からメールがあった。

「仕事は終わった？　夕食を一緒にどう？」

南に電話したかどうかを聞こうとしないのは、遠慮があるのか、それとも聞くのが怖いのか。

わたしは、息を止めてメールを打った。

「南さんに電話した。話せたけど、晴哉には会わないって……」

返事はしばらくこなかった。おせっかいをして、彼のことをよけいに傷つけてしまったのかもしれない。

次のメールは二十分ほど後だった。

「夕食はどうする？」

それには、「もちろん、一緒に！」と返事する。

ホテルの近くに、おいしいカレーの店があるからと、地図が送られてきた。

身支度を整えながら、わたしは考えた。

まったく可能性がないわけではない。南は、晴哉に未練があるようだった。でなければ、わたしが彼のことを好きかどうかなんて気にするはずはない。

（いいなあ……あなたがうらやましい）

（もし、なにもかも忘れてしまえたら、もう一度彼に会いに行くのに）

晴哉のことをまだ愛しているのに、夫の手前、あきらめようとしているのか。単純に、彼女の夫は高収入なのかもしれない。

晴哉に以前仕事を聞くと、「イラストレーターのマネージメントをしている」という答えが返ってきた。

着ている服なども安物には見えないが、単に稼いだお金をすべて服につぎ込んでしまうタイプかもしれない。どのくらい収入があるのかはわからない。

わたしは気にしない。欲しいものは自分で買うし、男ひとりくらい養うことはできる。だが、どんなパートナーを選ぶかで生活が一変するのならば、ただ、好きな人を選ぶというわけにもいかないのかもしれない。

地図の通り行くと、店はすぐに見つかった。晴哉が窓際の席で手を振る。

わたしは彼のテーブルに向かった。

「ごめんなさい。話せたのに、説得できなくて」

そう言うと彼は首を横に振って笑った。

「そんなこと気にしなくていい。渚はなにも悪くないし、南から直接話を聞いてくれて助かった」

「でも……」

彼はわたしのことばを遮って、店員を呼びつけた。ミールズというセットを注文する。わたしもそれを頼んだ。

店員が行ってしまうと、彼は目を細めて笑った。

「いろいろありがとう。おかげで、思い切る決心ができたよ」

「でも、たぶん南さん、まだ晴哉のことが好きだと思う。わたしが晴哉のことを好きかどうか気にしていたし、わたしがうらやましいって言った」

彼の目が宙を泳ぐ。

「でも、ぼくに会うつもりはないんだろう。ぼくよりも兄を選ぶんだろう」

どう答えていいのかわからない。

「結婚してしまったら、もう取り返しがつかないと思っているのかしら。南さんってなにか宗教を信仰しているの？」

宗教の中には、離婚を禁じているものもある。

「いや、そんなことはない」

「ずっといい子だったら、レールから外れるのも怖いのかもよ」

わたしは子供の頃から、親にも期待されず、失敗してばかりだった。なにもかも順調にやってきた人ほどちょっとした逸脱を怖がる。

「そうだな。彼女はそういう人だ。大きな失敗をしたり、誰かに責められたりするような経験などほとんどなかったはずだ。ぼくとこんなことになるまではね」

「だったら……」

もっと説得してみたら、そう言いかけたのに、彼は首を横に振った。

「もういい。いいんだ。いろいろ力を貸してくれてありがとう」

彼は優しい目でわたしを見つめた。

「渚は本当に優しい人だ。こんなに親身になってくれる人などこれまでいなかった」

胸がざわざわした。まさか、彼は、三笠南をあきらめて、わたしに乗り換えるつもりなのだろうか。

昨日の晩や今朝は、あれほど晴哉が恋しかったはずなのに、その感覚が思い出せない。よく見れば、顔が美しいだけの平凡な男に見えてくる。

わたしは自分に言い聞かせた。顔が美しいだけの平凡な男だって、別に悪くはない。これまでだって、そこまで強く惹かれたわけではない男と寝たり、つきあったりしてきた。

わたしは作り笑いを浮かべた。

食事を終えると、彼は当たり前のようにわたしの部屋についてきた。

どうやって帰ってもらおうか、考えはじめている自分に驚く。

南を愛している彼に惹かれていたのであって、わたしに欲情している彼には興味がない。

だが、追い返した後で、また気分が変わって後悔するかもしれない。今日の朝は、彼のことが愛おしくてたまらなかったのに。

とりあえず、セックスしてみてもいい。すごく素敵かもしれないし、相性が悪ければもうこれきりにすればいい。

思い込みの激しいタイプだが、まさかつきまとわれることはないだろう。そうなると、少しやっかいだ。無防備に自宅を教えてしまった。

まあいい。つきまとわれるようになってから考えればいいし、深入りしなければ彼もそこまでのめり込まないだろう。いざとなったら引っ越すことも考えればいい。気に入った住まいだが、他にもいい家はある。ほとぼりが冷めるまで賃貸で生活してもいい。

部屋でふたりきりになる。

思った通り、彼はわたしの肩に触れた。おずおずと唇を重ねてくる。

なんの感動もない。わたしは石のように強《こわ》ばって、その唇を受け止める。

晴哉の唇が離れていく。彼は、わたしの目をじっと見つめた。

「渚のことをもっと知りたい」

「知ったって大しておもしろくないわよ」

気まぐれで、飽きっぽく、自分のことしか愛せない。やたら、人の裏の気持ちばかり考える。つまらない女だ。

わたしはもしかすると、自分のことが大嫌いなのかもしれない。

「そんなことない。ぼくは渚のことが好きだよ」

ああ、そんなことを言わないで。

そう言われるたびに、魔法は少しずつ解けていく。あんなに胸が熱かったのが嘘のようだ。

彼の手がそっと髪に触れる。晴哉は今までみたことのない顔で笑った。

「渚は、人をコントロールするのが大好きなんだろう」

# 第三章

その夜から、わたしは寝室で眠るのをやめた。

自分の部屋のデイベッドでひとりで眠る。昼間は階下にも下りるし、義母の手伝いもする。祐未とも話をする。

だが、夜になり、慎也が帰ってくると、自分の部屋に戻る。その後は用事があるときしか、自室を出ない。

慎也の顔を見ることすらつらかった。

彼は最初から、わたしに嘘《うそ》をついていた。自分が暴力を振るったせいで、わたしが記憶を失ったのに、そのことは隠して、まるで自分がただひとりの味方でもあるかのように振る舞った。

自分から言い出しにくかったのだろう。それはわかる。

だが、今のわたしには過去の記憶がほとんどない。嘘をつくことは、目の見えない人間から杖《つえ》を奪うようなものだ。

なにを信じていいのか、もうわからない。

祐未も、もしかしたら小雪さえもわたしに嘘をついているかもしれない。そう思うと、足下から世界が崩れていくような気がした。

わたしはどうしようもない人間で、関《かか》わった人全部に憎まれているのかもしれない。みんなは記憶を失ったわたしを陰で嘲笑《あざわら》いながら、復讐《ふくしゅう》の機会をうかがっているのかもしれない。

今のわたしには、それがただの妄想《もうそう》だと笑うことなどできない。

祐未が話したことを知ったのだろう。慎也は、わたしの部屋のドアを叩《たた》いて言った。

「すまない。黙っていて悪かった」

絶望と安堵《あんど》が交互に押し寄せる。嘘だと言ってほしかったけれど、嘘だと言われなかったことに安心もしていた。

少なくとも彼が、わたしを階段から突き落としたことは間違いない。

彼が激昂《げきこう》しやすい性格であることはすでにわかっていた。祐未から話を聞いたときも、「慎也がそんなことをするはずがない」とは思わなかった。

彼なら、やるかもしれない。

慎也が否定しても、わたしはそれを心から信じられなかっただろう。だから、認めてくれたことには少し感謝している。

「酒を飲んでいたんだ。酔っていて……だから……」

そう、この前の夜と同じだ。酒で自分が制御できなくなり、わたしの肩をつかんで壁に押しつけた。

二の腕には、まだつかまれた痕《あと》が残っているし、あのときの恐怖は忘れられない。

多くの人は「酔っていた」と言われて許すのだろうか。壁に押しつけられたことも、階段から突き落とされたことも。

わたしは許せない。もう彼とは同じ部屋で眠りたくないし、話もしたくない。

酒に酔っていたからなんだというのだろう。もし、わたしがそのまま頭を打って死んでいても、「酔っていたから許してくれ」と言うのだろうか。

「酒はもうやめるから……」

ドアの向こうでそう言われたとき、思わず答えてしまった。

「どうしてやめなかったの？」

酔ってわたしを階段から突き落としてしまったのに、どうしてあなたは酒をやめなかったのか。

「それは……仕事のつきあいもあるから……飲まないとは言いにくくて」

ならば、次も同じではないだろうか。

もし、わたしのためにやめたとしても、わたしに腹を立てるような出来事があれば、また自制できなくなるくらい飲むのだろう。また暴力を振るわれるかもしれない。同じことだ。

彼は黙り込んだ。だが、ドアに耳を当てるとかすかな物音と息づかいが聞こえる。慎也はまだドアの外に立っている。

わたしは言った。

「ここを出ます。実家に帰ります」

寒かったが、居心地のいい家だった。あそこに戻って、どうやってひとりで生きていくか考えよう。

「それだけはやめてくれ。きみはまだ健康体じゃない。もしなにかあったらと思うと、ひとりにするのは心配だ」

だが、わたしはここにはもういられない。ここはわたしの家ではない。

扉の向こうで彼が絞り出すように言った。

「きみを大事に思っているんだ」

わたしは目を閉じて、天井を仰《あお》いだ。そのことばは、ひどく遠くから聞こえてきて、少しもわたしの心に届かない。

愛とはなんなのだろう。

自分の手で暴力を振るっておきながら、大事に思っていると言う。

その向こう側になにがあるのだろう。それをわたしはありがたく思わなくてはならないのか。

そしてわたしは、名前も知らない、なにも思い出せない人のことを愛しているような気がしている。

韮沢南が、もしその人のことを愛していたなら、なぜ慎也と結婚したのだろう。

わたしの愛も薄っぺらだ。きっと小さなきっかけで、粉々に砕けてしまうのだ。

真夜中、尿意を感じてドアを開けた。廊下に慎也の姿がないことにほっとして、二階のトイレを使う。手を洗って、トイレのドアを開けたとき、一階から慎也の声が聞こえた。

彼はまだ寝ていなかったようだ。

「どうして、南に話したんだ！」

慎也は怒っていた。話しているのは、祐未だろう。

少し気になって、ゆっくり階段を下りた。

「だって本当のことじゃない。黙っていたって、彼女は自分で思い出すかもしれない」

祐未の声がした。彼女は少しも動じていないようだ。

「思い出さなかったかもしれないだろう」

「そんなわずかな可能性にかけるの？　いい加減にしたら？」

「姉さんにはわからない」

慎也のことばを、祐未は一笑に付した。

「わかりたくもないわ。あんたも晴哉も」

「あいつと俺を一緒にするな！」

心臓をわしづかみにされた気がした。慎也も祐未も、晴哉という人のことを知っている。

聞けば教えてくれるのだろうか。慎也には聞けないが、祐未だったら。

「頼むから、南を出て行かせないようにしてくれ」

慎也がそう言った。

「南さんの自由だと思うけど」

「心配なんだ。彼女があんなことになった責任は俺にある。もし、実家に帰って、意識を失いでもしたら大変だ」

祐未がためいきをつくのが聞こえた。

「わかったけど、彼女が本気で出て行こうとしたら、どうやっても止められないわよ。わたしだって、仕事があるんだから」

「できる限りでいい」

足音がこちらにやってくる。わたしはあわてて、階段の陰に身を隠した。

「あなたも面倒な子に惚《ほ》れたわね」

祐未の声には答えず、慎也が階段を上っていく。

その後、祐未は小さくつぶやいた。

「もしかしたら、彼女が面倒な男に惚れられたのかもね」

今二階に戻れば、慎也と鉢合わせしてしまうかもしれない。わたしは廊下に立ち尽くした。

「聞いてたの？」

後ろから声をかけられてはっとした。祐未がパジャマ姿で立っていた。

「すみません……」

「別にかまわないわよ。聞かれて困る話をしていたわけじゃないし」

彼女はすっとわたしの横をすり抜けて、自分の部屋の前で足を止めた。

「どうする？」

今ではなく、この先どうするのか問われているのだと、すぐにわかった。

「出て行くつもりです。このあいだ、実家に戻って、住める状態であることがわかったし」

「慎也は連れ戻しに行くと思う。あなたの実家の場所はわかっているし」

言われてみれば、その可能性は高い。

「妹さんのところに行けば？」

「小雪に迷惑はかけたくないです」

彼女はまだ若い。自分ひとりが生活するだけで精一杯だろう。

仕事が見つかるようなら、小雪と一緒に暮らしたいが、少なくとも今は負担をかけるだけだ。

「出て行くなら、ゆっくり準備をしてから行けば？　わたしは別にかまわないし、正直言うと、お母さんをひとりにしなくていいから助かっている」

たしかに、わたしがいなくなれば、午後から夜まで義母がひとりきりになる。ヘルパーさんを呼ぶ回数を増やせば、なんとかなるかもしれないが、それにしたって午後から慎也が帰るまでいてくれるわけではないだろう。

「少し考えてみます」

祐未はこくりと頷《うなず》くと、自室に入ってドアを閉めた。

わたしは小さなためいきをつく。

この家に長くいるつもりはないが、考える時間があるのはありがたかった。

いくつかわかったことがある。

三笠南にはほとんど貯金がない。本棚の本の間に挟んだ預金通帳を何冊か見つけてチェックしたが、どの口座にも数万円しか入っていなかった。全部合わせても十万円に満たない。

これでは引っ越しもできない。キャリーバッグに必要なものを詰め、実家で暮らしはじめても、一ヶ月と持たないだろう。

出て行くと言い切ったところで、生活していく力もない。生活保護に頼ることもできないわけではないが、どうやら家族に連絡が行くようだ。小雪に心配をかけてしまう。

だが、預金通帳を遡《さかのぼ》ってみると、二年くらい前は合わせて二千万くらいの預金がある。二十代の女性にしては多い。

だが、五十万、百万と引き出されて、今はほとんど残っていない。

その前はコツコツと貯《た》めていたが、結婚の準備で使ったのか。それとも、母親の死亡保険かなにかで大金が入り、それが少しずつ目減りしていったのか。

今年の春からは収入が一切ない状態だから、あまり期待はしていなかったが、憂鬱《ゆううつ》な気持ちになる。

三笠家を出て行くよりも、先に仕事を探さなければならない。

だが、記憶のない人間を雇ってくれるところはあるのだろうか。

その夜のことは、たぶん、いつまでも忘れないだろう。

止まっていたわたしの時間が再び動きはじめた夜だ。


カーテンの隙間《すきま》から、外の光が漏《も》れていた。

静かな住宅街だが、街灯は短い間隔で立っていて、一晩中外はほのかに明るい。

部屋の灯《あか》りを消しても、カーテンを閉めない限りは暗闇《くらやみ》にならない。それが当たり前のことではないということは、なんとなくわかる。

一戸建てと、ゆったりとした造りのマンションだけが並ぶ街。ここに住み続ける限りは、見なくて済むものはたくさんあるのだろう。

この家を出てしまえば、もうわたしはここに帰ってくることはないだろう。ときどき、この夜の静かな明るさだけを思い出すのかもしれない。

その日はベッドに横になっていても、少しも眠気がやってこなかった。キッチンでハーブティーを淹《い》れて、部屋に戻り、少しだけ本を読んだ。

気が付けば、午前二時近くになっていた。外の明るさは変わらない。

終電は終わり、始発までまだ間がある。こんな時間に出かける人は少ないだろうに、街灯は明々《あかあか》と輝き続ける。

外を歩いている人がいるだろうか、そう不思議に思ってカーテンを少し開けた。

家の前に何者かが立っていた。コートのポケットに手を突っ込んだまま、二階の窓を凝視している。

気味が悪くて、すぐにカーテンを閉めた。もう一度少しだけ開く。

ベージュのコートと臙脂《えんじ》のマフラー。顔を見た瞬間に、わたしは息を呑《の》んだ。

彼だった。わたしが何度も夢に見た、名前も知らない人。

心臓の音が激しくなる。わたしは胸に手を当てて、呼吸を整えた。

彼の顔はこちらを見ていない。見ているのは、別の窓だ。わたしと慎也の寝室。今は慎也がひとりで眠っている部屋だ。

今、家を飛び出せば彼に会える。小雪と過ごした日の夜のように、夢中で飛び出せば。

だが、わたしの身体は強《こわ》ばったたままだった。

彼に会ってなにを言うのだろう。わたしは彼のことをなにも覚えていない。

「わたしのことを覚えていますか?」と聞くのだろうか。

彼がわたしのことを知らないか、知っていてもただの顔見知り程度で、なんの感情も抱いていなかったらどうすればいいのだろう。

彼は小さく首を振ると、きびすを返して歩き始めた。

わたしはカーテンをぎゅっと握りしめた。今から追い掛ければ間に合うかもしれない。

だが、もうわたしは自分の直感さえも信じられないのだ。


翌日から、わたしは毎夜、窓の外をのぞくようになった。

なにも失うものなどないのに、わたしはなにを躊躇《ちゅうちょ》していたのだろう。彼が、わたしのことなどなんとも思っていなかったとしても、それはそれでひとつ先に進める。

ただ、少し傷つくだけだ。そんな傷など、過去を思い出せないことに比べれば、たいしたことではない。

すぐに手に取れるように、コートはクローゼットから出して、椅子《いす》の背にかけた。パジャマではなく、服のまま寝るようにした。次に彼を見ても、追い掛けない理由を探してしまうかもしれない。パジャマ姿やすっぴんでは恥ずかしい、とか。だから決意のために、言い訳になるようなことはすべて封じてしまう方がいい。

寝る前も、眉を描いて、口紅だけ塗った。

そして、その夜がやってきた。

彼を見かけてから、一週間が過ぎていた。

もう会えないのか、わたしは最後のチャンスを逃してしまったのかと思った。

それでもなにかの予感はあったのかもしれない。十二時を過ぎる前から、何度も外を眺めた。

雲ひとつない空に、薄く削《そ》いだような月が浮かんでいた。街灯などない場所では、月の明るさで夜の闇の深さが変わるはずなのに、ここではほとんど違いはない。

彼が現れたのは、一時過ぎだった。

ひたひたと人通りのない夜道を歩いてきて、家の前で足を止める。そして、寝室の窓をじっと見つめる。

飛び出すつもりだったのに、またわたしは怖《お》じ気《け》づいてしまった。ぎゅっとカーテンを握りしめる。

カーテンが揺れたのだろう。彼がこちらを見た。目が合った瞬間、彼の目が大きく見開かれた。

すぐにわかった。彼はわたしを知っている。

彼は逃げようとはしなかった。立ち止まったまま、わたしを見上げている。

わたしは口だけで「待ってて」と言った。彼が頷いた。

コートを着て、鏡を見る。みっともなくはないだろうか。少しはきれいに見えるだろうか。一瞬、そう思ったが、身支度を整えている時間などない。

音を立てないようにドアを開け、階段をそっと下りて、玄関のドアを開ける。祐未が深く眠っているようにと祈る。

彼はまだそこにいた。わたしを待ってくれている。

ようやく会えた。そう思うと胸が熱くなった。

彼はわたしを知っていた。優しい目でわたしを見ている。

「南さん……」

「会いたかった」

思わずそう言うと、彼も笑った。

「ぼくもだ。もうあなたに会えないかと思った」

そう言われたのはうれしいのに、どうしようもなく悲しくなる。

彼の名を呼びたいと思ったのに、どんな音を発していいのかわからない。

彼の手がわたしの肩に触れた。思わず飛び退《の》いてしまったのは、慎也に肩をつかまれた瞬間のことを思い出してしまったからかもしれない。

彼は驚いたように手を引いた。

「ごめんなさい……」

「どうして謝る？」

　正直に言わなければならない。

「わたし、あなたのことを覚えていない」

　驚いた顔になった彼に、あわてて言い訳する。

「なんとなくは覚えているの。何度も夢で見たし」

「夢で……」

「階段から落ちて、頭を打ったから、そのせいで前のことを思い出せないのかもしれない」

「病院には行ったのか」

　すぐに身体《からだ》の心配をしてくれることがうれしかった。

「それは大丈夫。検査もしたし、他にはどこも悪くないって言われた」

「よかった……」

　彼が安堵したように息を吐く。

「でも、だからあなたの名前も、わたしとどんなつながりだったかも思い出せない。ただ、あなたの夢を見ただけ」

　彼は優しく微笑《ほほえ》んだ。

「それで充分だよ」

彼はもう一度、わたしの肩に触れた。

「ぼくは三笠晴哉。慎也の弟で、そして南の恋人だった」

予想通りの答えと、思いがけない答えが入り交じっている。

彼が慎也の弟だとは思わなかった。ならば、わたしは夫の弟と不倫をしたのだろうか。

「ぼくのことは、慎也からなにも聞いてない？」

「聞いてない。祐未さんからも……」

「ああ、姉さんも口が堅いな。でも、忘れてくれるなら、その方が都合がいいと思ったはずだ」

風が強くなる。わたしは身震いをした。

天気予報では、今日から冷え込むと言っていた。コートのあわせをぎゅっと押さえた。

「寒い？　一緒にくる？」

そう言われて、返事に困る。

このまま、彼についていっていいのだろうか。

「一緒にって、どこに？」

もう終電はない。彼の家はここから近くなのだろうか。

「ぼくの家に。車できている」

拒むのは簡単だ。だが、今度こそ後悔はしたくない。

わたしは頷いた。


冷たく冴《さ》えた空気の中を、車は滑るように走っていく。

助手席に座って、窓の外に目をやる。もう真夜中だというのに、先を行く車も見えるし、対向車線を行く車ともすれ違う。

隣には、彼がいる。何度も夢に見て、見かけて後を追い掛けて、あんなにも会いたいと願った人が。

なのに、自分が幸福だとは思えなかった。もしかして、間違った選択をしてしまったのではないか、とか、慎也が気づいたら怒るだろうといったことばかり頭に浮かぶ。

だが、わたしはもうこの状態に飽き飽きしてしまったのだ。

誰が本当のことを言っているのか、自分では判断できず、誰のことも信じられないのに、この家を出て行くこともできないことにうんざりしている。

だから、せめて彼から見たわたしを知りたい。

少なくとも、彼のことが好きだと思う気持ちだけは、自分の中で確かだと信じられる。今、隣にいることが自然だと感じられる。

無言で窓の外を眺めていると、彼が口を開いた。

「一緒にきたことを、後悔している?」

「してない」

後悔はしていない。もしかしたら、間違ったのかもしれない、と思うだけだ。だが、間違っているのかどうかは選んでみなければわからないではないか。

「わたしの話とあなたの話を聞かせて」

そう言うと、彼は困ったように笑った。

「難しいな。きみはぼくのことなら、なんでも知っているように思っていたから」

それがたとえ本当でも、今のわたしは彼のことをほとんど覚えていない。

「きみが知りたいことを言ってみて」

「一緒に海に行ったことはあった?」

そう尋《たず》ねると、彼は前を向いたまま頷いた。

「まだ、恋人になる前、ふたりでドライブした。秋だった。そこではじめて手をつないだ」

胸がぎゅっと痛くなる。前に見た夢と同じだ。

恋人になる前だとしたら、今年の秋ではない。去年か、それより前か。

「それは覚えていいたんだね」

どう答えていいのか、少し戸惑う。

夢で見た場面は、はっきりと思い出せる。だが、それが本当にあったことなのか、夢だけの場面なのかはわからない。

「あなたとわたしはどうやって知り合ったの？」

「友達の紹介でね。木下《きのした》のこと、覚えている？」

わたしは首を横に振った。スマートフォンのメモリにもそんな姓はなかったはずだ。

「慎也とは……？」

そう言うと、彼はきゅっと眉を寄せた。少し苦しげな顔だ。

「ぼくが引き合わせた。まだぼくたちが友達だったときに。一度会っただけで、兄はきみに惹《ひ》かれてしまったらしい。そこから電話番号を聞き出し、積極的にアプローチして、婚約までこぎつけた」

「わたしたちが恋仲になったのは、それより後？」

「そう」

思わず笑いが漏れた。

「最悪」

慎也が暴力を振るったことに腹を立てていたけれど、それより前からわたしは慎也を裏切っていた。

だから階段から突き落とされても仕方がないとは思わないが、自分が潔白でないことを知るのはあまりいい気分ではない。

「そうだね。最悪だね。でも、どうしようもなかった。はじめから惹かれていた」

それはわたしにもなんとなくわかる。

「隠して結婚したの？」

彼は少し戸惑ったように首を傾《かし》げた。

「いや、兄と結婚するときにはもうぼくとは終わっていた。きみは兄を選んだ」

胸が締め付けられるようだ。

この人ではなく、慎也を選んだ理由はなんだろう。それをこの人に聞くのは残酷な気がした。

だが、たぶんわたしは晴哉のことが忘れられなかったのだろう。

だから慎也はあれほど猜疑心《さいぎしん》を持ち、わたしを縛り付けようとした。

（そんなに、俺が嫌いか）

（俺のために、全部忘れてくれたんだろう）

（なにもかも忘れてくれて、一からやり直すんじゃないのか）

酔って帰った日、慎也が言ったことばを思い出す。あれは晴哉のことを言っていたのだ。

「結婚してから、会ったことはある？」

「ぼくが南に会いたくて、こんなふうに夜にきたことは何度もあるよ。きみは窓を開けてくれなかったけどね」

少しだけほっとした。結婚してからは彼と密会していない。

だが、裏切っていなくても、慎也の心が安まるとは思えない。記憶をなくして、慎也のことを忘れてしまっても、晴哉のことだけは覚えていた。

そして今でも、胸が痛いほど好きだと感じる。

祐未がそっけなかった理由もわかる。彼女はわたしが慎也を愛していないことに気づいていた。だから、出て行くようにと何度も言ったのだろう。

シートに身を預けて、わたしは目を閉じた。

今度こそ終わりかもしれない。家を抜け出して、晴哉の車に乗った。慎也はもうわたしを許さないだろう。

それならそれで別にかまわない。

もうひとつだけ尋ねたいことがある。

「ねえ、カエルの王子様の人形を知ってる？」

晴哉はちらりとわたしを見た。

「磁器の?」

「そう」

「それがどうかしたの?」

質問に質問で返される。少し悩んでからわたしは答えた。

「なんとなく覚えているの。その人形のことだけ思い出せる。でも慎也はわたしはそんなものを持ってなかったって言う」

「なるほどね」

「知ってるの?」

彼は小さく頷いた。

「ぼくがきみにプレゼントしたものだ」


車は橋を通り、河の向こうへと向かっていく。

真夜中でも街はまぶしいほどの灯りに包まれているのに、河だけは真っ暗だ。空から見下ろせばぽっかりと空いた亀裂《きれつ》のように見える。

先の方にきらめく都会の灯りを見ながら考える。

カエルは魔法が解けて、王子様の姿に戻った。

現実には、王子様の魔法が解けてしまう方が、たぶんずっと多い。おとぎ話は、現実の映し鏡ではない。

わたしは黙ったまま、隣にいる人を見つめる。

この魔法が解けたとき、世界はどんなふうに変化して、そしてわたしはどんな報いを受けるのだろう。


高層ビルが並ぶ都心の大通りを走っていた車が、細い道に入る。

そこからしばらく走っただけで、あたりは静かな住宅街になる。見たことのない景色だが、はじめから知らなかったのか、それとも忘れているだけなのか。

真夜中だけに人通りもなく、車も走っていない。

マンションの谷間にある駐車場に、晴哉は車を停《と》めた。

「ついたよ」

そう言われたからシートベルトを外す。ドアを開けて、車を降りると身震いするほど冷たい空気に触れる。頬が凍《こお》ってしまいそうだ。足下は、庭に出るときのサンダルのままだ。

たぶん、もう二時近いはずだ。

灯りのついていないマンションのエントランスに彼は入っていく。わたしも後に続いた。

センサーが反応したのか、エントランスに灯りがつく。エレベーターに乗らずに奥に進んでいくから、彼の部屋は一階なのだろう。

建物そのものは古いが、きちんと修繕されているように見える。静かで物音ひとつしない。

晴哉は奥からひとつ手前の部屋の鍵《かぎ》を開けた。

「どうぞ」

わたしはごくん、と唾《つば》を飲み込んで、その部屋に足を踏み入れた。

心の中でつぶやく。都心にある集合住宅で、しかも荒れた様子もない。だからなにかあったとしても逃げ出せば大丈夫。

フローリングの床の1ＬＤＫで、ものはあまりない。引き戸の開いた奥の部屋にはベッドがあって、手前のリビングにはソファとテーブルがある。

「わたし、この部屋にきたことある？」

「ないよ。会うときはいつも外で会っていた」

なぜだろう。知っていて思い出せないよりも、知らなかったと聞く方が気持ちが楽になる気がするのだ。見慣れぬ場所であることは、どちらも同じなのに。

「適当に座って」

そう言われて、ソファに腰を下ろす。スチール製の棚に水槽が置いてある。じっと見たが、中は空っぽのようだ。昔、なにか飼っていたのだろうか。

黙って座っていると、目の前に氷の入ったグラスが置かれた。アルコールの匂《にお》いがした。

「お酒？」

「南はハイボールが好きだったから。飲まないなら、炭酸水だけにする？」

自分がお酒を好きだったなんて、これまで考えたこともなかった。慎也も祐末もそんなことは言わなかったし、勧められたことも、自分で飲みたいと思ったこともない。

おそるおそる口をつけてみる。

複雑な香りと、炭酸の爽《さわ》やかさ、そして喉《のど》をアルコールが通っていく感覚。

好きだ、と思う。これはわたしが好きだったものだ。

だが、自分がどれだけお酒に強いかわからない。ゆっくり飲むことにして、グラスを置いた。

彼は自分もハイボールを手に、わたしの隣に座った。胸が激しく高鳴る。

慎也とふたりきりのときも、こんな気持ちになったことはなかったのに。

沈黙が甘くて痛い。幸せなのか不安なのかわからなくて、ただ気持ちだけが高揚している。

耐えきれなくなって、朗らかな声を出した。

「ねえ、慎也、水槽でなにか飼ってたの？」

声に出してから違和感に気づいた。全身から血の気が引くのを感じた。

彼は柔らかな笑顔を崩さなかった。

「……ごめんなさい……」

「名前を間違って呼んだこと？　別に気にしなくていいよ」

「でも……」

夫の名前で、愛人を呼ぶなんて、どうかしている。取り返しのつかないことをしてしまった。

なのに、彼は少しも傷ついたような様子を見せない。

「南、ひどい顔をしているね」

「だって……わたし……」

「大したことじゃないよ」

なぜ彼はそんな優しい顔で微笑んでいられるのだろう。

彼は手の甲で、わたしの頬《ほお》をそっと撫《な》でた。

「大丈夫。本当のことを言うとね。記憶を失う前のきみも、ぼくと慎也をしょっちゅう間違えて呼んでいた。だからぼくは気にしない。いつものことだ」

「どうして怒らないの……」

「怒るようなことじゃないだろ。ただ、間違えただけだ」

なぜ、そんなふうに言えるのだろう。

優しいからだろうか。だが、そう感じられない自分がいるのだ。

「水槽では、蛇を飼っていたんだ。覚えていない？」

「覚えてないわ」

彼はスマートフォンを取り出して、なにか操作した。

見せられたのは、美しい蛇の写真だった。真っ白で目だけが赤い。

「サウザンパインスネークという種類でね。大人しくて可愛《かわい》い子だった」

怖いとは思わなかった。あどけない、幼い顔をしている。

「その蛇は……？」

「寿命がきて死んでしまったんだ。水槽を片付けた方がいいのはわかっているんだけど、なんとなくそんな気になれなくてね」

「そうなの……」

にこやかに会話をするが、さきほどの胸の高鳴りはもう戻ってこない。

彼を慎也と呼んでしまったことと、そのことで彼が少しも動揺しなかったことが、心にまとわりついて仕方がないのだ。

わたしの戸惑いは彼にも伝わったのかもしれない。彼はそれ以上、わたしとの距離を縮めようとはしなかった。

少しお酒を飲んだせいか、彼は目を閉じて、寝息を立て始めた。

わたしはコートのポケットを探った。この前、慎也にもらった地下鉄のＩＣカードが手に触れて、全身から力が抜けるような気がした。

今ならまだ間に合う。ここから出て行くことができる。

ドアを開けて、逃げ出すことができる。

心の中で誰かが警告を発している。逃げた方がいい。逃げるべきだ、と。

だが、なぜそう思うのかがわからないのだ。

ＩＣカードをぎゅっと握りしめる。

彼の寝顔を見て、愛《いと》おしいと思う自分も確かにいる。ずっと会いたかった人が目の前にいるのに、なぜ逃げたいような気持ちになるのだろう。

わたしはしばらく目を閉じて考え、そしてソファから立ち上がった。

大通りまで出るのは簡単だった。

彼の車は南に向かって走ってきた。だから、北に向かえば家に帰れるはずだ。

出てきたとき、時計は三時半を指していた。一時間も経《た》たないうちに始発電車が動きはじめるはずだ。

最初は闇雲《やみくも》に歩き、地図を見つけて方向を確かめる。このまま、東に歩いて、御堂筋《みどうすじ》に差し掛かったところで、そのまま北にまっすぐ歩いて行けばいい。

晴哉が追ってこないか不安だったが、その様子はなかった。

なぜ、自分が彼から逃げようとしているのかもわからない。追いつかれて、問い詰められたら答えられない。

あの部屋にいてはいけないと強く感じただけだ。

手も顔も寒くて凍《い》てつきそうだった。ただ早足で歩けば、身体の奥に火が点《とも》る。白い息が規則正しく吐き出される。わたしが生きている証拠だ。

そう、記憶を失って、なにも思い出せなくても、わたしは生きている。歩けば身体は熱を持つし、走ることだってできる。

わたしはただひたすらに歩き続ける。

家に帰り着いたときには、すでに午前五時を大きく回っていた。

幸い、玄関の鍵は開いていた。わたしが出て行ってそのままだったのだろう。

音を立てないように、ゆっくり階段を上り、自室に滑り込む。デイベッドに倒れ込んだ後、深いためいきをつく。

コートを脱ぐ余裕もなく、わたしは深い眠りの中に引きずり込まれた。


彼が眠っている。わたしは傍らに立って彼を見下ろしている。

穏やかな寝顔なのに、顔色は青白くて、まるで死んでいるようにさえ思えた。

そっと掌《てのひら》で彼の頰に触れた。冷たくてなめらかで、ずっと触れていたいような気持ちになる。

この人のことが好きだ。胸が押し潰《つぶ》されてしまうほど。

だから、この人の笑った顔だけ、覚えていたい。他のことをすべて忘れて、なにもかも失っても、この人の笑顔だけは忘れたくない。

眠る彼のそばに膝《ひざ》をついて、わたしは泣いていた。

ああ、これは夢だ。わたしは彼を置いて、ひとりでこの家に帰ってきてしまった。だから、これは夢なのだ。

そうわかっているのに、涙は止まらなかった。

もう一度触れようとして伸ばした手が届く前に、夢は砕けるように消えていった。

目覚めたのは、十二時近かった。わたしはよろよろと身体を起こす。

彼と出会ったのも、彼の家を訪ねたのも、すべて夢だったような気がする。だが、わたしはコートを着たまま眠っていた。ポケットに手を入れるとICカードが一枚だけ入っていて、そしてサンダルのまま歩いたせいか、靴下がひどく汚れていた。すべて、夢ではない証拠だ。

晴哉は怒っただろうか。もう一度会いにくるだろうか。もし彼が会いにきたら、わたしはどうすればいいのだろう。

コートを脱いで、部屋着に着替えてから、一階に下りた。

慎也はいるはずもない時間だが、祐未の姿も見えない。

わたしは義母の部屋を軽くノックした。

「お義母《かあ》さん、開けますね」

声をかけてからドアを開けると、義母はベッドに座ったまま窓の外を眺めていた。

「南さん、お元気？　顔色がよくないわよ」

義母はわたしの顔を見て柔らかい声でそう言った。いつもより機嫌が良さそうだ。

「昨夜、あまり眠れなくて……」

わたしはベッドの近くにある椅子を引き寄せて座った。

「ねえ、お義母さん、晴哉さんのことを教えてくれませんか？」

「晴哉？　あの子が帰ってきてくれて本当によかったわ」

どきりとした。義母は、彼が昨夜、この家にきたことを知っているのだろうか。

「本当によかった。恐ろしかったの。あの子がこのまま帰ってこないと思ったら……ねえ、南さん」

「ええ、わかります」

手を握られた。わたしは義母を不安にさせないように笑顔を作った。

「なにもあの子だけ目を離していたわけじゃないのよ。あの子のことだけ、可愛くなかったわけじゃないの。どこの世界に、息子が可愛くない母親がいますか」

「ええ、そうですね」

戸惑いながら相づちを打つ。義母はなんの話をしているのだろう。

「あの子はね、とても可愛い子供だったの。わかるでしょう」

それはわかる。晴哉は今でも美しい顔立ちをしている。子供のときはさぞ可愛らしかっただろう。

「あの子だけが連れ去られてしまったのは、あの子が飛び抜けて可愛かったからなの。わたしがあの子をないがしろにしたわけじゃない」

手が痛いほど、強く握られる。

「でも、あの子を傷つけてしまったのはわたしの責任だから……だからわたしはなるべくあの子を……あの子のためなら……可哀想《かわいそう》な晴哉……」

ふいに、ドアが開いた。驚いて振り返ると、そこには慎也が立っていた。

一瞬、混乱する。平日なのに、どうして慎也がいるのだろう。彼は険《けわ》しい顔でわたしと義母を見比べた。

それからわたしの手をつかむ。思わず、その手を振りほどいた。

「触らないで」

とっさの行動だった。もう彼には触れられたくない。慎也の顔が悲しげに歪《ゆが》む。

「母さんに、あのことを思い出させるな」

「あのことって……」

「なんでもいい。晴哉のことだ。さあ、母さんの部屋から出て行ってくれ」

わたしは椅子から立ち上がって、部屋を出た。

「どうしたの？　南さん？　南さん？」

義母がわたしを呼んでいるが、出て行けと言われたのだから仕方ない。わたしはリビングに向かって、ソファに座った。

慎也がリビングにやってくる。彼の顔を見たくなくて、目を伏せた。

「仕事に行かなかったの？」

「頭痛がひどかったので、今日は休みを取った。さっきまで病院に行っていた」

慎也はわたしの前に回った。立ったままわたしを見下ろす。

「母さんには、あいつの話をしないでくれ。あの男には、もう家の敷居をまたがせない」

ずいぶん古い言い回しだ。少しだけ口許《くちもと》が緩んだ。

「兄弟なのに？」

「もうあいつは、家族でも兄弟でもない。縁はもうとっくに切ったし、姉さんもそれで納得している」

そう早口で言った後、彼は呼吸を整えた。

「晴哉のことを思い出したのか？」

「少しだけだけど」

「少しだけ？」

なにを思い出したのか、説明するのは難しい。なにを言っても慎也を傷つけてしまいそうな気がする。

「友達だったこととか」

慎也は息を吐くように笑った。

「そんなことか。だったらもうそれ以上思い出さない方がいい」

「どうしてそんなことを言うの。慎也の弟なんでしょう」

彼は苦々しげに口を歪めた。

「関係ない。あいつの名前は、この家にいる限り、二度と出すな」

「わかったわ」

即答すると、彼は少し怯《ひる》んだような顔になった。

「その……今のは別に出て行けという意味じゃない。南はここにいていいんだ。南がそうなった責任は取る」

今、わたしの記憶が曖昧《あいまい》なのは、彼のせいだ。だが、彼に責任を取ってほしいとは思わない。

わたしはソファから立ち上がり、二階へと向かった。彼は追ってこようとはしなかった。


義母から聞いたことを整理してみる。

晴哉は子供の頃、なにものかに連れ去られた。それを母親のせいだと思っているのは、晴哉自身なのか。それとも別の誰かなのか。

義母は晴哉のことで、罪悪感を抱えているように見えたが、慎也は晴哉のことを嫌っている。兄弟の縁を切ろうとするほどに。そして祐未もそれを受け入れている。

慎也が、弟を憎んでいるのは、弟とわたしが恋に落ちたからだろうか。だが、そこまで怒りを覚えたのなら、わたしと結婚しなければ済むことだ。もしくは結婚してしまってから知ったのか。

自分に手放したくないと思わせるほどの魅力があるとは思わない。それとも意地のようなものが、慎也をわたしに執着させているのか。

もうひとつ引っかかることがある。

小雪から聞いた話では、わたしと慎也は二年ほど前からつきあっていたという。ならば、いつ晴哉と恋仲になったのだろう。

結婚するずっと前なのか、それとも結婚の直前なのか。

ひどい胸騒ぎがした。

もしかすると、晴哉がわたしに手を出したのは、慎也へのあてつけだったのかもしれない。

晴哉が、自分の家族を憎んでいるのだとすれば、充分その可能性はある。信じたくはないけれど。

もしそうなら、わたしが晴哉ではなく、慎也を選んだ理由もはっきりわかるのだ。

それが正しいかもしれないと思うだけで、心が軋《きし》んだ。そんなことありえないと、思いたかった。

彼はあの寒空の下、わたしを待っていた。結婚した後でさえ、あてつけでそんなことをするだろうか。

それとも彼が待っていたのは別のなにかで、わたしはたまたま網にかかった魚だったのかもしれない。

わたしはベッドに横たわって、両手で目を覆った。

誰も信じられない。自分自身でさえ。

少し前までは、記憶が戻れば、誰を信じていいのか、明らかになると思っていた。だが、そんな保証はどこにもないのだ。

# 第四章

その日わたしはひどく疲れていた。

普段は事務仕事が中心なのに、デパートの催事に駆り出された。輸入している紅茶を売る仕事で、スタッフはわたしだけ。朝九時から夜八時まで、ハイヒールで立ちっぱなし。昼休みもほとんど取れずに、バックヤードでパンをほおばることしかできなかった。

しかも、一週間続く催事の期間は休みなし。五日働いても、まだ二日残っている。

最近はこんなことが増えた。イレギュラーな仕事、イレギュラーな勤務形態。わかっている。わたしをやめさせたいのだ。

入社したとき、会社にいた女性社員はもうみんなやめてしまった。雑用は全部わたしに押しつけられて、しかもわたしは素直にそれを受け入れない。

上司たちはわたしをやめさせて、もっと従順な若い女性を雇おうと考えているのだろう。

ときどき、ある昔話を思い出す。飯を食わない女なら嫁にもらってもいいと言い張る男の話だ。男より安い給料、押しつけられる雑用、出産したら働き続けることはできず、かといって結婚せずに年齢を重ねても、やんわりと追い出される。これが飯を食わない嫁でなくてなんなのだろう。

ここから逃げ出したい。こんな思いをしてまで、働き続けても未来なんて見えない。

働きはじめる前までは、結婚で仕事を辞めるなんて、時代遅れで愚かしいことだと思っていた。

それでも今は、誰かがわたしを連れ去ってくれないかと思っている。別に王子様にお城に連れて行ってほしいわけではない。

仕事を辞めると言ったときに、上司たちに「俺たちが勝った」と思われたくない。次の仕事を探すまでの間、心をすり減らしたくない。なにより、誰かに気持ちを支えてほしい。

小雪は近くにいないし、毎日が充実しているようだ。心配をかけてしまうのは姉として申し訳ない。母はもういない。

友達もみんな、仕事がうまくいってたり、子供がいたり、パートナーに恵まれていたりする。彼女たちが悪いわけではないのに、会えば劣等感が募っていく。母の保険金で貯金はそこそこあるが、働かないで生きていけるほどではない。

夕方五時を過ぎ、足の痛みはピークに近づいていた。早く家に帰って、靴を脱ぎ捨てて、布団の上に倒れ込みたい。

そう思いながら顔を上げたとき、その人がいた。

きれいな人だ。優しげで、そして静謐《せいひつ》な空気をまとっている。

彼は、わたしを見て、柔らかく微笑《ほほえ》んだ。

「紅茶、種類がたくさんありますね」

「ええ、お好みの飲み方をおっしゃっていただければ、それに合った紅茶をおすすめします」

「好みの飲み方?」

「ええ、ミルクティーとかストレートとか、アイスティーとか」

「プレゼントにしたいんです」

彼は手に白い薔薇《ばら》を一輪持っていた。誰かにプレゼントされたのだろうか。左手の薬指には指輪はない。そんなことに気づいてしまう自分が少し嫌いだ。

それでも、彼と話しているだけで、足の痛みも抱えているストレスも波のように引いていく。少しふわふわとした気持ちになることくらい、許されてもいいはずだ。

彼が選んだ紅茶を包装して、紙袋に入れた。

領収書が欲しいと言われたので、領収書を作って彼の名前を書いた。

もうすぐ彼はこの売り場を立ち去ってしまう。寂しいが、仕方がない。もう二度と会うこともないだろう。

領収書を受け取ると、彼は手に持った白い薔薇をわたしに差し出した。

「どうぞ。先ほどもらったものなんですが、ぼくはこれから出かけないといけないので、花が可哀想《かわいそう》だ」

「えっ、でも……」

「ご迷惑でなければ。このまま持ち歩いていたら、萎《しお》れて捨てなきゃならない」

わたしはおずおずと受け取った。

この薔薇が欲しかった。たとえ、捨てるよりはいいという理由だったとしても、彼から薔薇をもらって、弾んだ気持ちで帰りたかった。

領収書の名前を書くのに借りていた名刺を返そうとすると、彼は笑って押し返した。

「それもよかったらもらってください」

はじめて気づいた。彼もわたしに好感を持ってくれたのだろうか。

本当は受け取るべきではなかった。薔薇も名刺も。

だが、そのときのわたしには、それがはじめて空から射《さ》した光のように思えたのだ。


デイベッドから飛び起きた。

夢を見ていた。飛び散って消えてしまいそうな夢の細部を思い出し、記憶に焼き付ける。

夢で会ったのは、晴哉だった。あれは、晴哉との出会いの場面なのだろうか。

それだけではない。夢の中のわたしは、働いていて、そのことにひどく疲れていた。

自分のことをはっきりと覚えていて、上司の顔や友達の顔なども思い出せた。目覚めると同時に記憶はどんどん薄れていく。わたしは必死で消えゆくものをつかまえようとする。

晴哉は言っていた。出会いのきっかけは友達から紹介されたことだと。

だが、夢の中では店員と客として出会っていた。晴哉の説明とは食い違う。それとも、この後に、友達の紹介で改めて出会ったのか。

時計を見ると、夕方五時を過ぎていた。わたしはスマートフォンを手に取り、小雪にメールを打った。

以前、小雪と話したとき、わたしは商社に勤めていたと聞いた。夢の中のわたしも商社で働いているようだった。

「いきなりごめん。わたしがデパートの催事で、紅茶を売っていたかどうか知ってる？」

返事はすぐにきた。

「何度かやらされたという話は聞いたよ。パンプスで立ちっぱなしだから、大変だったって」

やはり、あの夢は実際に起こったことなのだろうか。

その後に続く文章を読んで、わたしはまた息を呑《の》んだ。

「そのときに、慎也さんと出会ったんだって言ってたじゃない。薔薇の花をもらったんだって」

嘘《うそ》だ。出会ったのは晴哉だ。

それとも、夢はただの願望で、売り場で出会ったのは本当に慎也だったのか。

わたしはスマートフォンを置くと、部屋を出て階段を下りた。

リビングには、慎也と義母がいた。部屋は暖かく、義母は機嫌が良さそうだった。リビングに足を踏み入れて、わたしは身体《からだ》を強《こわ》ばらせた。

自分がこの家族を壊しにきた闖入《ちんにゅう》者のように思えた。

「南、どうかしたのか？」

慎也がこちらを見る。

「ひとつ聞いていい？」

「ああ」

「わたしたち、どうやって出会ったの？」

彼の目が大きく見開かれた。わたしから目をそらし、大きな手で首から顎《あご》を撫《な》でる。動揺している仕草だ。

彼は答えに窮していた。しばらく顎を撫でた後、ようやく口を開く。

「友達の紹介で、だ」

嘘だ。記憶がなくたってそのくらいわかる。

「なんていう友達？」

「さあ、大勢の飲み会だったから、きみが誰《だれ》に連れてこられたかは覚えていない」

そんなことがあるだろうか。結婚までしているのに。

「わたしの仕事先に、偶然、あなたがきて、そこからはじまったんだって小雪には聞いた」

彼は少しわざとらしいまばたきをした。どう答えるのか迷っているように見える。

「小雪ちゃんが？　勘違いじゃないのか？」

彼が本当のことを言っているかどうかはわからない。だが催事で出会ったのが慎也なら、彼に隠す理由はない。薔薇をわたしに渡したことも覚えているのではないだろうか。わたしは白い薔薇が好きだと彼は言っていた。

本当に小雪が勘違いしているのかもしれない。もしくはわたしが嘘をついたか。

「わかった。ありがとう」

二階に戻ろうとすると、慎也が口を開いた。

「シチューを作った。後で一緒に食べよう」

振り返ると、彼はすがるような目でわたしを見ていた。急に彼が可哀想に思えて、わたしは頷《うなず》いた。

「うん、そうする」

深夜のことだった。スマートフォンがいきなり鳴った。

登録のない番号だ。おそるおそる電話に出る。

「もしもし?」

「南?　ぼくだよ」

一瞬、呼吸が止まった。晴哉だ。ひとことだけでわかった。

答えられない。声が出ない。

「南だろう?」

わたしは深呼吸をした。

「ええ、そう」

「どうして昨日、帰ってしまったの?」

「ごめんなさい。どうしていいのかわからなかった。わたしはまだ慎也の妻だし」

「きみが嫌なら離婚することもできるよ」

慎也はそれを受け入れるだろうか。わたしは少し考える。

酔って暴力を振るわれたことは、離婚の原因に充分なるだろうが、それよりも晴哉との不貞を言い立てられれば、難しくなる。

だが、今はもっと大事なことがあるのだ。

「もう会えない？　慎也よりもぼくはきみのことを知っている。きみに教えてあげられることがたくさんある」

そうかもしれない。だが、わたしはそれがなによりも怖いのだ。

思い切って口にする。

彼のことを思うと、胸が熱くなる。こうやって電話をしていても心臓が高鳴る。

だが、それとこれとは別だ。

「ごめんなさい。わたし、あなたには会えない」

「慎也と結婚しているから？」

「違う。わたしは今、自分のことが信じられないから」

その続きは吐き出さずに呑み込む。

そして、あなたのことも。

「きみはなにも悪くないよ。不安に思うことはなにもない」

「ごめんなさい。だからもう……」

あなたとは会えない。

わたしはこの選択を後悔するのだろうか。今、本当に大事なものを手放そうとしているのだろうか。

彼を愛《いと》おしいと思う気持ちは、夢の中と同じなのに。

通話を切る瞬間、彼の声が聞こえた。

「なぜだ。忘れてくれたんだろう。全部、ぼくのために」

通話が切れてから、わたしは呆然《ぼうぜん》とスマートフォンを見つめた。

彼はなにを言おうとしていたのだろう。


同じことを、慎也も言った。

(俺のために、全部忘れてくれたんだろう)

暴力を振るったことなのか、それとも晴哉のことなのか、問い詰めるのは難しい。

だが、晴哉はなぜそう言うのだろう。

思い浮かぶ理由はひとつだ。

記憶をなくす前のわたしは、彼にとって都合の悪いことを知っていた。


翌日、わたしは早朝に家を出た。

「実家に用があるので、少し出かけてきます。夜までには戻ります」

そう書いたメモを机の上に残してきた。

この家を出たい気持ちはあるが、そうするにはもっとちゃんとした手続きを踏まなければならない。

それに、姿を消したと思われて、捜し回られるのも困る。慎也は不安を感じるとわたしを拘束しようとする。

ちゃんと帰るということは伝えておきたかった。

朝七時の電車は、眠そうな顔をした人ばかりが乗っていた。すし詰めというほどではないが、それでも人と肩が触れあうほどの距離感だ。

近くに立つ女性からはつけたばかりの香水の匂《にお》いがした。わたしはまったく化粧をしていないし、ネイルだって剝《は》げてしまっている。

疎外感は唐突にやってくる。夢の中のわたしは、絶望していたけど、なんとか働いていた。いいことばかりではないけれど、あそこに戻りたいと思った。

晴哉以外の夢を見るようになったのは、いい傾向かもしれない。これまで見た夢はどれも曖昧《あいまい》だった。自分がどんな生活をしていたのか思い出せなかった。

昨日の夢で、少しだけ自分を取り戻すことができた気がした。

実家に近い駅で降り、駅に向かう人たちの間を縫って、歩く。街並みがどこか懐かしく見えるのは、記憶が戻りはじめたからなのか。それとも、ただの錯覚か。

さほど迷うことなく、実家に辿《たど》り着くことができた。鍵《かぎ》を開ける。空気の淀《よど》んだ家に上がって、換気のために窓を開けた。

手前に六畳間と小さな台所があり、奥に四畳半の小さな部屋がある。母と子供ふたりならまだしも、成人した三人家族には小さすぎる。

だが、わたしひとりで住むのなら、充分だ。

六畳間の押し入れは、この前、小雪ときたときに開けた。ファンヒーターや布団乾燥機、ひと組の布団などが入っていた。

四畳半にも小さな収納がついていた。あの中をまだ確認していない。

三笠の家に、なにもかも持ってきたとは思えない。わたしの部屋には無駄なものがほとんどなかった。

空気を入れ換えると、もう一度窓を閉め、ファンヒーターをつけた。四畳半の捜索を開始する。収納を開けると、段ボール箱がひとつ入っていた。

それを床に下ろして、箱を開ける。

中には雑多なものが入っていた。

卒業アルバム、少女マンガが何冊か、誰のものかわからないサイン色紙。卒業アルバムには、韮沢南の名前がちゃんとあったから、これはわたしのものが入った箱だ。捨てるにはしのびないけど、三笠の家には持って行かないことに決めたもの。

ＭＩＮＡＭＩの文字と、カエルのキャラクターが刺繍《ししゅう》されたハンカチも見つけた。誰かにプレゼントされたものなのか。それとも自分で刺繍したのか。

覚えていないのに、どれも懐かしいような気がした。

ノートを何冊か見つけたあと、ローズ色の携帯電話と充電器が出てきた。今持っているスマートフォンの前に持っていたものだろうか。

充電器をコンセントに差して、携帯電話をセットすると充電がはじまった。

メールなどが残っていることを祈りつつ、ノートを読む。開いただけで、自分の文字だということがわかる。だが、今、わたしが書く文字よりも拙《つたな》い。十代のときの字かもしれない。

将来は英語を活《い》かしてロンドンで暮らしたい、などと書いてある。当時は英語が得意だったのだろうか。

読んだ本の感想。友達との喧嘩《けんか》のこと。好きな男の子のこと。日記のようなものだが、つらつらと自分の書きたいことを書いているようだ。

今のわたしが知りたいようなことはなにも書いていない。なのに、つい読みふけってしまう。

二冊のノートを読み終えた頃、充電が終わったようだった。

ふたつ折りの携帯電話を開いて、電源を入れる。ほどなくホーム画面が表示された。

真っ先にメールを開いた。受信メールはすべて削除されていた。一瞬失望したが、送信メールのフォルダを開くと、多くのメールが残っていた。

飛び込んできたのは、三笠慎也の名前だ。

多くのメールをわたしは三笠慎也に送っていた。晴哉の名前はまったく見当たらない。不貞だから、あえてメールを使わなかったのか。

表示を古い方からに変更する。最初の方は、小雪とのメールや、友達らしき女性とのメールがほとんどだ。やがて、宛名に三笠慎也の名前が出てくる。

メールではあまり深い話はしていない。待ち合わせ場所を決めたり、「昨日は楽しかった」とかの、ありふれたやりとりが続いている。

つきあいはじめの、ぎこちなさが文面にも残っている。

次第に文字数が増えている。ふたりにしか通じない言い回しや楽しげなフレーズを繰り返したり、「会いたい」ということばが増えていく。

これを見る限り、わたしと慎也はちゃんと恋愛をしていたようだ。

だが、かすかな違和感を覚える。

メールの向こうにいる慎也は、記憶を失ってから一緒にいる彼とは、違う人のようだ。

読み続けるにつれて、違和感は少しずつ蓄積していく。これは本当に慎也に送ったメールなのだろうか。

今年の三月、どうやらわたしはプロポーズされたらしかった。送信メールにこう書いてある。

「指輪ありがとう。そしてカエルの王子様の人形も。一生大事にします。愛してる」

短い文章なのに、読んだだけで幸福感で満たされるのは、そのときの感覚を覚えているからかもしれない。

だが、カエルの王子様は晴哉にもらったものではないのか。

不穏な文字を見つけたのは、六月になってからだった。

「お金はちゃんと振り込んでおきますね。大丈夫。お母さんに心配かけたくないという慎也の気持ちもわかるから」

「そんなに気にしなくても大丈夫。結婚するんだから、同じことだと思う。ただ、慎也の仕事がうまくいくことを祈っています」

「大丈夫？　わたしはいいけど、少し気になってます。そのお友達は本当に信用できるの？」

「ごめんなさい。疑うつもりじゃなかったんだけど、念のため。お金はすぐに用意できます。母の保険金もあるから」

「ごめん。慎也が元気で、笑っていてさえくれればいいの。お金のことは気にしないで」

「お願いです。電話に出てください。あなたと連絡が取れないと息ができないほど心配になる」

手が震えた。いったいこれはどういうことなのだろう。

頭に、預金通帳のことが浮かぶ。二千万近くあったものが、ほとんど残っていなかった。わたしは慎也にお金を貸していたのだろうか。いや、違う。彼の家はお金に困っているようには見えない。

頭がひどく痛んだ。だが、もうわたしは気づきはじめていた。

このメールが誰に出されたものか。

「あなたと結婚できてよかった。式なんかどっちでもいい。ふたりで婚姻届を出しに行って、帰りに公園で指輪を交換した。今日のことは絶対に忘れない」

「あなたさえ、いてくれればいい。あなたと一緒にいられればそれでいい」

「どうして帰ってこないの？　どこに行ってしまったの？」

「お金のことなら、大丈夫。わたしが夜のバイトでもすれば、もっと稼げるから」

「お願い。返事をちょうだい」

これを書いたのはわたしだから、伝えたい相手の顔ははっきりと頭に浮かぶ。

晴哉だ。いや、そのときは、慎也と名乗っていた。三笠慎也と。

最後のメールは悲鳴のような文字が記されていた。

「あなたの実家に行ってみたら、まったく知らない人がいた。三笠慎也さんに話したいことがって言ったら、ひどく驚いて、ぼくのことだって……。どういうことなの？」

ふいに、ポケットの中でスマートフォンが鳴った。

手に持った古い携帯電話を閉じて、新しいものをポケットから取り出す。

着信は、慎也からだった。

今はそれどころではないが、電話を無視するとここまで捜しにきそうだ。

わたしは震える手で電話に出た。

「はい」

「南か？」

慎也の声には焦ったような響きがあった。わたしが出かけたことがそんなにショックなのか。それとも置き手紙を見なかったのか。

「そうです。どうかしたの？」

平穏を装って、答える。

「さっき、姉さんから電話が入った。母さんが倒れた。意識不明だ。病院までこられるか？」

わたしは思わず立ち上がった。ローズ色の携帯電話が膝《ひざ》から転げ落ちた。

病院の廊下は薄暗く、どこまでも長く続くようだった。

自分が入院していた病院とはいえ、短期間だったし、病棟が違うとまったくわからない。

ようやく、廊下の長いすに座っている慎也と祐未を見つけた。

「お義母《かあ》さんは……」

祐未が小さくためいきをついた。

「わたしが用事を済ませて帰ってきたら、床に倒れていて……」

胸がぎゅっと痛んだ。

「すみません。出かけなければよかった」

わたしが家にいれば、異常に気づくこともできたかもしれない。

「別にあなたのせいじゃない。家族でもない人に、責任を押しつけるつもりはないわ」

「姉さん！　そんな言い方……」

慎也が怒りの声を上げる。

慎也にとっては、祐未のことばは冷酷に聞こえるのだろうか。わたしはむしろ、彼女の思いやりを感じた。

わたしは慎也の隣に座った。彼は苛立《いらだ》ちを隠せないように、指を組み替えた。

「脳出血らしい。ただ、倒れてからの時間がわからないから、よく効く薬が使えないらしい」

義母は、いつも機嫌がよくて可愛《かわい》らしい人だった。回復を祈ることしかできないのがもどかしい。

介護職の人たちが毎日のようにきてくれていたし、わたしは、祐未がいないときに、少し手伝いをするだけだった。介助の手伝いを積極的にしなければ、という意識も薄かった。そのことを少し後悔する。

同じ家に住んでるのだから、もう少し自分にもできることがあったはずだ。

晴哉のことで、まだ聞きたいこともある。死なないでほしい。意識が戻ってほしい。自然に膝の上で拳《こぶし》を握りしめた。

祐未が時計を見て、慎也に言った。壁の時計は午後二時半を指している。

「慎也、お腹空《なかす》いてない？　お昼食べてきたら？」

「そんな気になれるはずないだろ」

彼は吐き捨てるように言った。

「でも、この先長くなるかもしれない。食べられるときに食べて、休息が取れるときに、休息を取った方がいい。まだ空腹じゃないのなら、わたしが先に行く」

病院内に食堂とカフェテリアがある。病院の前にはコンビニエンスストアがあるから、なにか買ってきて食べることもできる。

そう言われて、慎也も納得したようだった。

「わかった。職場に電話もしなければならないし、軽く食べてくる。なにかあったら、携帯に電話をくれ」

「そうするわ」

慎也は、わたしの方を見た。

「南も一緒に行こう」

「わたしは、もう食べたから大丈夫」

嘘だ。朝からなにも食べていないが、なにか食べたいとも思えない。

「飲み物でも買ってこようか？」

わたしは首を横に振った。

慎也はなにか言いたげな表情をしたが、そのまま廊下を歩いて行った。

祐未とふたりきりになる。彼女は、わたしから視線をそらして、足を組み替えた。

なにか言おうと、ことばを探すが、なにを言っていいのかわからない。自分の母が亡くなったときはどうだったのだろう。

それすら思い出せない自分が悲しかった。

祐未が唐突に口を開いた。

「そりゃあ、元気になってほしいとは思っているし、医療スタッフの人たちが全力を尽くしてくれると信じているけど、でもこういうのは誰が悪いわけでもないし、神様じゃないと避けられないことだから」

視線は、壁の方に向けたままだった。わたしでなく、自分に言い聞かせているようにも見えた。

そうですね、と言っていいのだろうか。わたしはただ小さく頷く。

「今は心配しても仕方がない。ただ待つだけ。わたしは、南さんに急いで知らせなくてもいいと思ったんだけどね」

「知らせてくださってよかったです……」

「そう……」

会話はまた途切れる。思い切って口を開こうとしたとき、祐未が言った。

「どのくらい思い出した？」

「え？」

「思い出してきてるんでしょ？」

少し戸惑う。祐未はどうして、そう言うのだろう。

だが、思い出したとははっきりと言い切れないが、わたしは少しずつ過去の大事なパーツを手に入れている。それは思い出したのと同じことかもしれない。

「全部じゃないですけど……」

まだあのメールを受け止めきれてない。

わたしは膝の上で拳をきつく握りしめた。そして言う。

「晴哉さんには知らせないんですか?」

祐未はためいきをついた。

「難しい問題ね。わたしと慎也は知らせたくないと思っている。でも、もしかしたらお母さんは、知らせてほしいかもしれない」

「可愛がってらしたんですね」

「母だけはね。自分の貯金も宝石もなにもかも晴哉に取られても、それでも晴哉は悪くないと言い続けていた。こっそり仕送りを続けていたことも知ってる。でも、もう、あの子はうちには入れない。そう決めたの」

そう言ってから、祐未ははじめてこちらを見た。

「あなたにもわかるでしょう」

思わず、目を泳がせた。

メールを読む限り、わたしも彼にお金を貸していた。たぶん、騙《だま》されていたのだろうと思う。なのに、その実感がないのだ。

いまだに、彼のことを思うと、胸が痛くなる。お義母さんの気持ちがどこかでわかる。

それは記憶を失っているからで、思い出せば、怒りに呑み込まれそうになるのだろうか。

「晴哉さんって、どんな子供だったんですか?」

祐未は乾いた声で笑った。

「可愛い子だった。本当に可愛くて、みんな好きにならずにはいられない。父だけは甘やかしてはいけないと言って厳しかったけど、わたしも慎也より、晴哉の方がずっと可愛いと思っていた。でもね」

祐未はことばを探すように、目を伏せた。

「でも？」

「南さんも知ってる通りよ。彼は嘘つきで、そしてびっくりするほど嘘がうまい。それに気づかないまま、何度も騙された。わたしがようやく、あの子の言うことをすべて信じちゃいけないと気づいたのは、大人になってからだった」

古い携帯にあったメールの内容を思い出しながら、わたしは天井を仰いだ。なにかの間違いであればいいと思っていた。

「お義母さんは、晴哉さんが小さい頃連れ去られたことがあるって……」

祐未は頷いた。

「そう。彼が小学三年生くらいのときかしら、母と買い物に行った途中で、突然、いなくなったの。警察もきて、大騒ぎになった。母は正気を失いそうなほど心配した。そして三日後、汚れた格好で彼は無事に帰ってきた。あの日から、母はあの子の言いなりになってしまった。自分が目を離したせいで、彼が誰かに連れ去られてしまったと思ったのね」

「連れ去った犯人は？」

「結局見つかっていない。でも、わたしは晴哉から聞いたの。狂言誘拐だったって」

わたしは息を呑んだ。

「そんな……まだ子供なのに……」

「彼自身がそう言ったの。事件から半年ほど後だった。ぼくはお母さんにお仕置きしたんだ。ぼくよりも慎也を可愛がるからって……」

「お義母さんは、晴哉さんより慎也さんを可愛がっていたんですか？」

祐未は首を横に振った。

「そんなことはない。ただ、その時期、慎也が骨折して入院していたの。だから、両親はわたしや晴哉にはあまり手をかけられなかった。だからそんなことを考えたのかもしれない」

祐未は、もう一度繰り返した。

「晴哉は嘘がうまいから、彼の嘘にはみんな騙される。だから、わたしはもう彼のことばはなにひとつ信じないことに決めた。あなたもそうした方がいい」

わたしは彼に騙されたのだ。晴哉は、最初からわたしを騙すつもりで、本当の名前ではなく、慎也の名を名乗った。

わたしは彼を三笠慎也だと信じて、恋に落ちた。

もうひとつ、祐未に聞きたいことがある。慎也には絶対に聞けないことだ。

だが、この状況でそれを口にするのは難しい。今でなくてもかまわない。

廊下の向こうから、慎也が帰ってくるのが見えた。わたしは口を引き結んだ。


処置が終わり、義母は病室へと運ばれた。

「意識はまだ戻っていませんが、状態は落ち着いています。このあと、担当医から説明をします」

看護師がそう言うと、慎也が小さく息を吐いた。わたしも肩の力が少し抜けたような気がした。少なくとも、最悪の事態はまぬがれたということか。

説明すると言われた後も、長い時間待たされた。

「南さん、もう帰っても大丈夫よ」

時計が午後八時を過ぎたとき、祐未がそう言った。

「わたしは他に予定もないですし、一緒にいさせてください」

こんな状態で、ひとりで家にいても落ち着かない。

祐未は慎也の方を見た。

「慎也は仕事の方は大丈夫?」

彼は先ほどから、医師が遅いことに苛立っていた。

「少し気になることがあるんだ。母さんの状態が落ち着いているなら、先に帰ってもかまわないか？」

「いいわよ。先生の話はわたしが聞いておく」

慎也が帰ると、祐未は立ち上がって、義母の顔をのぞき込んだ。

顔色がいつもより白いが、ただ眠っているように見える。

「疲れたよね」

わたしではなく、母に話しかけているような気がしたが、黙っているのも息苦しいから、答える。

「疲れました」

帰ったら、ベッドに倒れ込んで眠ってしまうだろう。

ほどなくして、医師がやってきた。ＭＲＩの画像を手に説明する。

出血の範囲が広いから、意識が戻るかどうかはこれからの経過によるということ、回復しても、麻痺《まひ》が残ることはほぼ間違いないということ。

「お母様は、認知症を抱えていらっしゃいますよね。積極的な治療を続けますか？」

医師のことばを聞いて、祐未の顔に怒りが浮かんだ。

「お願いします」

はっきりとそう答える。

わたしは医師の顔を見ていられなくて、ただ、病室にある時計を眺めていた。

医師は、義母の様子を見てから言った。

「心拍数も血圧も今は安定しているので、今日はお帰りになってください。病室では宿泊ができませんので」

祐未は立ち上がって、深々と頭を下げた。

「母をよろしくお願いします」

病院を出ると、祐未は迷わずに、大通りに出てタクシーをつかまえた。後部座席に並んで座る。

祐未はシートに深く身体を預けた。

わたしも疲れているが、たぶん祐未の方がもっと疲れている。母親のことだから、不安も大きかったはずだ。

祐未は窓の外を見ながら、口を開いた。

「だからね。南さんが出て行きたかったら、いつだって出ていってもいい。わたしは止めない」

その、「だから」が、どこから続くのかはわからない。たぶん、祐未の中では整合性があるのだろう。

「慎也のことはできるだけ説得する。あなたを諦《あきら》めさせることはできなくても、つきまとったりはさせない」

「でも、出て行くなら、ちゃんと話し合いたいです」

そう言うと、祐未は静かに目を閉じた。

「そうね。その方がいいでしょうね」

「ちゃんと離婚届も書かなければならないでしょうし」

祐未の返事はなかった。わたしは思い切って口を開いた。

「わたしと慎也さんって本当の夫婦に見えましたか？」

祐未は身体を起こして、わたしを見た。

「どういうこと？」

鋭い目で見据えられて、少し怖くなった。祐未はまくし立てた。

「肉体関係があったように見えたかってこと？　そんなことわたしにわかるわけないでしょ」

「わたしにもわからないです。もし、覚えていれば、あったと断言できるけど、覚えてなくても、なかったとは断言できないから……」

祐未ははっとしたような顔になった。

「そうね……。そうよね。まだ全部思い出してないんだものね……」

「すみません」

慎也には聞けない。彼がわたしをつなぎ止めようとするのなら、嘘をつくかもしれない。

「わたしだって、はっきりしたことは言えないわよ。そんなことを探ろうとまでは思ってないから。でも、わたしには、あなたたちは夫婦じゃないように見えた」

それがわかれば充分だ。


三笠晴哉は、自分の兄の名を名乗って、わたしとつきあいはじめた。後腐れがないようにか、それとも最初から騙すつもりだったのかはわからない。

そして、嘘をついて、少しずつお金を騙し取った。安心させるために、婚姻届を書いて、結婚したふりをした。

自分の兄の名前で。

わたしはそれを知らないまま、三笠慎也と夫婦になった。彼の本当の名前も知らないまま。

晴哉が逃げ出して、わたしは彼を捜しているうちに、本物の三笠慎也に巡り合った。

そして、慎也は、わたしとの結婚を受け入れ、一緒に暮らすようになった。

恋に落ちたのか、それとも可哀想だと思ったのか。わたしには本当のところはわからない。

たぶん、仕事も辞めてしまい、お金もなくなったわたしは、慎也を頼ることにしたのだろう。それとも、もしかすると、本当に彼に惹《ひ》かれたのだろうか。

(ぼくのために全部忘れてくれたんだろう?)

慎也がそう言った理由はわかった。だが、晴哉はなぜ、そう言ったのだろう。まだわたしから、なにかを引き出せると思ったのだろうか。

帰ってシャワーを浴びると、わたしは自室のベッドにもぐり込んだ。

自分の気持ちすらわからないのに、誰かの気持ちなどわかるはずはない。


深夜に目が覚めた。

ゆっくりと身体を起こす。あんなにショックなことがあっても、食事もしたし、眠ることもできた。

傷ついてはいる。だが、どこか他人事《ひとごと》のように考えているのも事実だ。三笠南は思っているよりも鈍感なのかもしれない。

充電器に差したスマートフォンが震える音がした。暗闇《くらやみ》の中で液晶画面だけが光る。

晴哉だ、と思った。こんな時間にかけてくるのは彼しかいない。

ベッドから起き上がって、スマートフォンを手に取り、耳に当てる。

「南?」

耳に心地よい優しい声。やはり晴哉だった。

急に泣きたいような気持ちになった。なにがあったか知った後でも、わたしはまだ彼のことが好きだ。

声を聞いただけで心が震え、胸が痛くなる。

「南、きみに会いたい」

わたしも。そう言いたいのを呑み込む。

「お義母さんが倒れたの。今病院にいる」

祐未が怒るかもしれないとは思ったが、それでも義母は晴哉に会いたいだろう。

「ふうん……」

ひどくそっけない声が返ってきて、わたしはそのことに驚く。

「今は落ち着いているけど、意識が戻るかどうかもわからないし、戻っても麻痺が残るって……」

「そう。仕方ないね」

ああ、この人はこういう人なのだ。自分が書いたメールを読み返したときよりも、祐未から晴哉について話を聞いたときよりも、彼がわかった気がした。

「もう痴呆《ちほう》症でなにもわからないんだろう」

「認知症。それもまだそんなに進行していない」

そう訂正すると彼は笑った。

「南はいつも、単語の間違いにうるさいね」

違う。わたしが言っているのはそういうことではない。なのに、この人には伝わらないのだ。

「お母さんにはもう会うつもりはないの？」

「意識がないなら会っても仕方ないだろう？」

それで納得できるのだろうか。異星人と話しているような気がする。

「もう何年も会っていないし、どうだっていいよ」

はっきりとそう言われて、背筋が冷たくなる。

「何年も会っていないのは、お母さんが認知症だったからでしょう」

祐未や慎也も会わせなかった。だが、祐未の話では、義母は晴哉を可愛がっていて、お金なども渡していたという。それが、慎也たちと晴哉とが絶縁する理由になったと聞いた。

「ぼくはそれより、南に会いたい。南と一緒にいたい」

この声をずっと聞いていたいと思うと同時に、この人を怖いと思った。

わたしは深呼吸をする。それから口を開いた。

「わたし、思い出したの」

「え?」

彼の声にはじめて動揺が滲《にじ》んだ。

「あなたがわたしになにをしたか。わたしに嘘をついて、わたしからなにを奪っていったか……」

そう言いながら、わたしは待っていた。彼がわたしのことばを否定するのを。

祐未のことばも、あのメールも、なにかの間違いであってくれればいい。ただ恋に落ち、うまくいかずに別れただけであってほしい。

晴哉は、ひどく優しい声で言った。

「もう終わったことじゃないか。あのときはそうじゃなかったけど、ぼくは今は南を愛しているよ」

愛している。好きな人からそう告げられて、背筋が凍《こお》ることがあるのだと、わたしは知った。

「もうしないよ。嘘もつかない。お金だって返すよ。それでいいんだろう」

違う。そういうことを言っているのではない。

わたしはへなへなとベッドに座り込んだ。

「南だって、ぼくのことが好きだろう?」

笑い出したくなる。そう、わたしは今も彼のことが好きだ。電話から聞こえる優しい声を聞き、あの瞳《ひとみ》を思い出しただけで、心が震える。

だが、同時に彼を怖いと思う。

本当に彼にはわからないのだろう。母親に会わない理由も、わたしとやり直せると思っている理由も、彼の中では筋が通っているのだろう。

わたしはスマートフォンを強く握りしめた。

「ええ、今でも好き」

そう言わない方がいいことはわかっていた。だが、自然に口が動いていた。

「でも、もう会えない。電話もしないで」

そう言って、電話を切った。


愛し合っているのに、別れを告げた。

そう聞いた人は、どんな恋を想像するだろうか。昔の話ならば、身分違いの恋だとか、お互い決められた許嫁《いいなずけ》がいるとか、ドラマティックな展開が思い浮かぶ。

今ならば、不倫とか、どちらかが遠くに行くとか、そんなケースだろうか。

わたしは彼を今でも好きで、そして彼もわたしのことが好きだと言った。

それでももう一緒にはいられないし、なにもかも捨てて彼の元へ行きたいとは思えない。

ふいに生々しい記憶が、よみがえってくる。

今ではない。もうずいぶん前に抱いた感情だ。美しい姿のまま凍っていた果実が、溶けて腐敗するように、わたしはその感情をもてあます。

この部屋でわたしは毎日泣いていた。

失ったものを思い、裏切られた記憶に苦しみ、騙された自分を責めた。

なのに、晴哉のことを愛おしいと思う気持ちは変わらなかった。

彼が好きだった。彼に会いたかった。せめても彼との幸せな記憶だけ、覚えていたかった。

だから、思ったのだ。なにもかも忘れてしまいたいと。

なにもかも忘れて、彼の優しい笑顔だけ覚えていたい。

わたしはベッドに仰向《あおむ》けになった。笑い声がこぼれた。

その望みは叶《かな》ったはずなのに、結局わたしは、もう一度彼に別れを告げて、この部屋でひとりでいる。

もう一度すべてを忘れてやり直しても、また同じ場所に辿り着くのだろう。

ふいに、階下で電話が鳴る音がした。

飛び起きる。時計は午前三時四十分を指している。

深夜の電話がいい知らせであるはずはない。わたしが部屋を出る前に、電話が取られた。一階で寝ている祐未が出たのだろう。

わたしはガウンを羽織って、階段を下りた。電話のそばには、祐未と慎也がいた。

電話を切った祐未が、わたしを見た。涙ぐんではいるが、表情は明るい。

「お母さんの意識が戻ったって……」

慎也が大きく息を吐いた。全身の緊張が抜ける気がした。

まるでなにかの歯車に巻き込まれるように忙しい日々がはじまった。

義母の意識は戻ったが、左半身に麻痺が残った。入院中は病院に付き添い、退院してからはリハビリに通うことになった。

義母と呼んでいいのかどうか、今となってはわからない。はるさんと呼ぶこともできるが、彼女はお義母さんと呼ばれた方がうれしそうだった。名前で呼ぶと、わたしを看護師さんかなにかだと認識するようだった。お義母さんと呼んだときだけ、笑顔を見せてくれた。

祐未には何度か言われた。

「今、南さんがいてくれることは助かるけど……でも、本当にいいの？」

本当はよくないことはわかっている。

わたしはどうするか決めるべきなのだ。この家を出るのか、ここで家族であり続けるのか。

慎也や祐未のためだとは思っていない。

甘えているのはわたしの方なのだ。義母の介護やリハビリのために、誰かが家にいなくてはならないという状況を、わたしは利用している。

少しずつ、頭の中の霧は晴れてきているように思う。台所に立ち、玉葱《たまねぎ》や人参《にんじん》、じゃがいもなどをまな板の上に置くと、カレーや肉じゃがの作り方を思い出した。

作ってみると、それなりに食べられるものができた。リビングの本棚にある料理本を見て作ることもできる。びっくりするほどおいしいということもないし、失敗もするから、わたしはそれほど料理上手ではなかったのだろう。だが、まずくて困るというわけではない。

ぽつぽつと、いろんなことが思い出された。母の顔、中学生の頃の友達の顔、好きだった映画、小学生の頃の先生にあからさまに嫌われていて、小さな嫌がらせをいくつも受けたこと。

思い出せたことがうれしいこともあったけれど、こんなことなら忘れたままでいたいと思うこともたくさんあった。

それでも、それらはわたしを構成する大事なパーツだ。

記憶が戻れば、なにかが劇的に変わるかと思ったが、そうでもなかった。思い出せないことがひとつあってもなにも変わらないように、頭の中の空白が少しずつ埋まっていっても、あるべきものがあるべき場所に戻ったような気がするだけだ。

記憶を失うことになった夜のことも思い出した。

わたしは慎也に告げたのだ。

晴哉のことがまだ好きなのだ、と。

それが彼を逆上させた。

わたしもひどいかもしれないが、それで彼のやったことが消えてなくなるわけではない。

晴哉のことも、いくつも思い出した。

いい思い出もたくさんあった。一緒にいるときの彼は、いつも優しくわたしを気遣い、楽しませてくれて、笑わせてくれた。お金を騙し取るための演技なのだろうと自分に言い聞かせても、そのとき感じた幸福感は嘘ではない。

それでも、わたしはもう彼が怖いのだ。

優しさも冷たさも、すべて同じ箱に入っている。彼がどちらを取り出すかは、そのときにならなければわからない。

それが彼なのだと理解することはできるけれど、一緒にいることはもうできない。


いつの間にか三月になっていた。

その日はまるで五月のように暖かかった。掃き出し窓から差し込む日差しに、冬のあいだ、強ばっていた身体もほどけていくようだった。

ヘルパーさんと協力して、義母を入浴させ、髪を乾かした。義母は気持ちよさそうに窓際でうつらうつらとしはじめた。

祐未は、義母を入所させる完全介護の施設を探しているようだが、なかなか条件に合うところが見つからない。

慎也とは今後のことを話していない。まるでお互い先延ばしにするように、話を避けている。わたしはわたしの部屋で眠り、彼は二階の寝室で眠っている。

この家にきてから、ずっとそうしていたかのように。

なぜ、わたしが出て行かずに、この家にいることになったのかも思い出した。

本物の三笠慎也に会い、真実を知らされて呆然としたわたしに、彼が言ったのだ。

「母が病気だから、誰かが家にいないと心配なんだ。きみの気持ちが落ち着くまで、ここにいてほしい」と。

わたしは破れかぶれな気持ちになっていて、離婚届を出すことすら考えなかった。たぶん、誰かを頼りたい気持ちもあった。

彼の気持ちには気づいていた。もしかしたら、彼を愛せるかもしれないと思ったこともあった。

あの夜がなければ、わたしたちは緩やかに、本当の夫婦になっていたのかもしれない。

義母の傍らで、そんなことを考えていたときだった。

義母がふいに、こちらを見た。

「南さん、晴哉を許してあげて……」

これまで聞いたことがないほど、はっきりしたことばだった。わたしは息を呑む。

「お義母さん……！」

近寄ると、義母の手がわたしの髪に触れる。

「あの子は、可哀想な子なの。夫は、あるときから、あの子にだけつらく当たるようになった。慎也と祐未だけを可愛がり、あの子にはなにも与えようとはしなかった。なぜだかはわからない。あの子があまりにきれいな子だったから、自分の子供だと思えなかったのかもしれない」

つらく当たるようになったのは、晴哉の嘘に気づいたからだろうか。それとももっと前からだろうか。

義母は前も、晴哉のことを「可哀想だ」と言った。

「だから、わたしはあの子を可愛がった。もちろん可愛かったし、そうしないと不公平だと思ったから……だけど、そのことが夫とあの子の間に、よけいに溝を作ったのかもしれない」

骨張った冷たい手が頬《ほお》を撫でる。

「あの子の味方になってあげて。わたしはもうあの子を助けてあげられない」

わたしはそっとその手を自分の手で包んだ。

「晴哉さんはもう大人です。小さな子供じゃない。誰かが助けてあげなければ生きていけないわけじゃないんです」

義母の目が見開かれた。

「それでもひとりだと可哀想……」

わたしは少し考えた。ひとりで生きることは可哀想なことだろうか。

可哀想な場合も、可哀想ではない場合もあるだろう。誰かと一緒に暮らしていても同じだ。不幸なことも、幸せなこともある。

だが、たぶん義母が知りたいのはそんなことではない。

わたしは義母に微笑みかけた。

「きっと、晴哉さんのことを助けてくれる人がいますよ」

それは間違いない。彼を欲しいと思い、彼のそばにいたいと思う人はたくさんいるだろう。

ふいに思った。そんな人たちも、ただ優しさだけで彼に手を伸ばすわけではない。彼の美しさに魅了され、彼を手に入れたいと思うから、彼に近づく。

自分がそうだったからわかるのだ。

愛情に翻弄《ほんろう》された子供時代だったとしたら、彼にとっては、与えられるものよりも、奪われるもののほうが大きく感じられるのかもしれない。

義母は少し安心したように、また目を閉じる。わたしは毛布を彼女の身体にかけた。


小雪から、その電話があったのは三月も終わりに近くなり、すっかり春らしくなった頃のことだった。

「お姉ちゃん、わたし、晴哉さんに会ったよ」

電話を取ると、彼女は真っ先にそう言った。

小雪には、すでに事情を説明していた。記憶が戻ってきたという話をすると、彼女は連休を利用して大阪に帰ってきた。

実家にふたりで泊まって、これまでの話をした。思い出したことや、晴哉との間になにがあったか、慎也と夫婦になった理由を話すと、小雪はひどく腹を立てた。

「ひどい。そういうの訴えられないの？　詐欺じゃない」

「そうだね」

いやな考えだが、祐未が黙ってわたしを受け入れているのも、身内から犯罪者を出さないようにしたいという気持ちもあるのかもしれない。塾経営ならば、評判にも関《かか》わるだろう。

彼女にはよくしてもらっている。もし、彼女にその思惑があったとしても、わたしもそれを利用していることに違いはない。

「もう関わりたくないから」

そう言うと、小雪は渋い顔をして、それ以上その話題は持ち出さなかった。納得はしないが、わたしの決断を尊重してくれているようだった。

小雪が、晴哉に会ったと聞いて、わたしは狼狽《ろうばい》した。

晴哉からは、スマートフォンに何度も着信があった。悩んだ末、わたしは彼の電話番号を着信拒否した。

電話番号を変える可能性なども考えて、見慣れない番号からの着信には出ないことにした。彼が、この家に電話をかけてくる可能性は低い。

「彼、なんて言ってたの？」

そう尋《たず》ねると、小雪は口ごもった。彼女の逡巡《しゅんじゅん》の理由にわたしはすぐに気づく。

「彼がなんて言おうと、わたしはもう晴哉さんと会わない」

そう言うと、小雪はほっとしたようだった。

「まだ、お姉ちゃんのことが好きなんだって。あんなひどいことしておいて、どうかしている」

わたしは笑った。

違う。小雪は勘違いしている。彼がわたしのことを本当に好きになったとしたら、それはわたしがすべて忘れたからだ。

奪っても、それを忘れてしまう女だと知ったから、彼はわたしを愛したのだろう。

「大丈夫。もう晴哉には会わない。電話も着信拒否しているし、また家まできても、会うつもりはない」

「そう、よかった……」

ふうっと息を吐いて、小雪は続けた。

「あの人、他の女の人と一緒だったよ。地下鉄の駅で、別の女性と一緒にいるところを見かけたし、その人、わたしが晴哉さんと会ったホテルのラウンジでも近くに座っていた」

わたしは苦笑した。やはり彼には助けてくれる人が現れた。今度、義母に教えてあげよう。

かすかな胸の痛みもある。せめて、この先どこか遠くで、不幸にならずに生きていてほしいと思う。

その方が自分の心が揺れないからという勝手な理由だ。褒められたものではない。

それでも誰かの不幸を願わずにはいられないよりも、ずっといい。

＊

「渚は、人をコントロールするのが大好きなんだろう」

晴哉はそう言って微笑んだ。わたしは自分の耳を疑った。

「だから、お兄さんからの借金の頼みも断らないんだろう」

胸の底が冷たくなっていく。わたしは呼吸を整えて笑った。

「そうかもしれないわね」

「渚とぼくは似ていると思うよ」

前も晴哉にそんなことを言われたことがあった。そのときは、買いかぶりだと思った。

彼がわたしの本心に気づかずに、自分に似ていると思い込んでいるのだと思った。

今は違う。わたしと彼は本当に似ているのかもしれない。

わたしは彼の胸を押しのけた。

「正直に言う。あなたに恋愛感情はないの」

彼の顔が一瞬歪《ゆが》んだ。

「きみはぼくを好きでいてくれると思っていた」

「友達として好きよ。でも、恋愛感情があるなんて一度も言っていないし、あなたには好きな人がいるんだと思っていた」

「南のことはもういいんだ」

彼は吐き捨てるようにそう言った。

わたしは彼の目をのぞき込んだ。彼は一瞬、怯《ひる》んだように目をそらした。

彼は傷ついている。この世界が思い通りにならないことに。

わたしは知っている。この世界は思い通りにならないことだらけだ。

彼を見放して、帰ってしまうのは簡単だった。ここはホテルだから、廊下に逃げ出して大声をあげれば、誰かがやってくる。

マンションを知られていると言っても、マンションにはコンシェルジュが常駐している。ほとぼりが冷めるまで、よそに部屋を借りてもかまわない。

なのに、そうしたくないと思うのは、彼が美しいからだろうか。

「本当はわたしのことなんて好きじゃないんでしょ」

そう言うと、彼は驚いた目になった。

「そんなことは……」

「嘘はつかないで」

嘘をつかれると、気持ちは一気に冷める。乾いたかさかさの表皮のように、心が剝がれてしまう。たとえ、それが心地いい嘘でも。

彼は険《けわ》しい顔でわたしを見下ろした。

「わたしはあなたに恋愛感情は抱いていないし、あなたもわたしに恋愛感情は抱いてない。でも、わたしと晴哉は似ている」

「つまり？」

「なにか一緒にできることはあるはずよ」

彼はまばたきをした。わたしが彼を拒絶していないことに気づいたのだろう。まぶたのあたりから険しさが消えた。

「たとえば？」

わたしの頭に、義姉の顔が浮かんだ。不満ばかり言っているくせに、わたしを見下して馬鹿にする女。

「女を誘惑できるでしょう」

「なんのために？」

「自分にメリットがあったらやる？」

彼は少し考え込んでいた。わたしを軽蔑《けいべつ》して出て行くのならばそれでいい。この先、わたしと彼の人生が交わることはない。

うちのデザインを盗んだ、ライバル会社に彼を送り込んでもおもしろそうだ。憎たらしい女の顔が次々と頭に浮かぶ。

彼はわたしの目をのぞき込んだ。

「きみは可哀想な人だ」

そう、それは知っている。だが、あなたもそうではないか。

彼は、勝手に冷蔵庫を開けて、ミニバーのシャンパンを取り出した。栓を開け、そのまま瓶に口をつけて飲む。

わたしはそれを止めずに、ソファに腰を下ろして足を組んだ。

彼は手の甲で口を拭《ぬぐ》って、唐突に言った。

「ぼくはね。もう愛されるのも憎まれるのも、どちらもうんざりだ」

ああ、わかる。やはりこの人はわたしに似ている。

愛情も憎しみもどちらも勝手に相手がなにかを投影しているとしか思えない。わたしの実体などどこにもない。

だが、わたしにはわからない。ひとりで生きることができないのに、愛されることも薄っぺらにしか感じられないのなら、なにをよりどころにして生きればいいのだろう。

彼は、じっとこちらを見ている。

「わたしは、あなたに興味がある」

わたしが言えるのはそれだけだ。彼はようやく口許《くちもと》を緩めた。いくつもの仮面が剝がれたような気がした。

「同感だ。ぼくもきみに興味がある」

なら、そこからはじめるしかない。

ふと思った。この選択は狂気の沙汰《さた》かもしれない。この人が三笠南に拒絶されるのは、それなりの理由があるはずだ。

彼と関われば、わたしも不幸になるかもしれない。

だが、わたしはもう毎日に飽き飽きしているのだ。

ならば、誰かと見る地獄も悪くない。

＊

わたしが荷物をまとめて、三笠の家を出ることになったのは、五月のことだった。

離婚届は、その前日にひとりで出しに行った。

慎也に離婚歴ができてしまうのは、少し申し訳ない気がしたが、このままにして家を出てしまうわけにはいかない。

　離婚届を渡したとき、慎也は一瞬、声を震わせた。

「やり直せないのか……」

　そう言われて、わたしは返事に困る。

　もう、そんなそぶりさえ見せなかったのに、いまだに彼はわたしのことが好きなのだろうか。

　やり直すもなにも、なにもはじまっていない。そう思ってしまう自分が冷酷に感じる。

「酒ももう飲まない……だから」

　慎也はあれから仕事での飲み会に参加しても、烏龍茶《ウーロン》で通していると言った。実際、酔って帰ってきたことは一度もない。

「慎也が次に好きになる人のために、そうしてあげて」

　そう言うと彼は静かにうなだれた。

　はるさんは、この家から車で三十分ほどの介護付き老人ホームに入所が決まっている。

　明後日には、祐未が車で連れて行くと言っていた。

　昨夜、祐未はリビングで洗濯物を畳みながら言った。

「あなたにもいろいろ迷惑をかけたわね」

「わたしの方こそ、お世話になりました」

祐未はこちらを見ずに言った。

「弟のこと、申し訳ないと思ってる」

「祐未さんに謝ってもらうようなことじゃないです」

そう言うと、彼女は少し考え込んで、「そうね」と言った。

彼女のこういうところに、いつも助けられた。

晴哉からはもう連絡がない。最後に電話がかかってきたのは、一ヶ月ほど前だった。

祐未が、電話をわたしに取り次いだ。

「高校のときのお友達だって」

そう言われて、戸惑った。

高校のときの友達はいるが、彼女らがこの家の電話番号を知るはずはない。

小雪の連絡先を知っている子がいても、小雪ならばわたしのスマートフォンを教えるだろう。

電話に出ると、知らない女性の声がした。

「南さんですか?」

その瞬間、気づいた。晴哉とつながりのある女性だ、と。彼女はまくし立てるように言った。

「わたし、晴哉さんの友達です。晴哉さんはあなたに会いたがっています。別れるにしろ、あなたの口からちゃんと言ってあげてください……」

　彼が彼女にどう言ったのかは知らないが、わたしは彼にもう会わないと告げた。彼がわたしにしたことを考えれば、それで充分ではないだろうか。

　こんなふうに連絡を取ろうとすること、わたしに会いたいと考えることが、わたしが彼に会わない大きな理由だ。

　わたしは天井を仰いでためいきをついた。

　祐未がこちらをちらりと見たから、あわてて、高校の友達らしく取り繕う。

「知らせてくれて、とてもうれしい。でも、わたしやっぱり行けないわ」

　同窓会の知らせだったと、あとで祐未に言えばいい。

　電話の向こうの女性が言った。

「それは、晴哉さんにはもう会わないということですか？」

「そう」

　即答すると、彼女は黙った。

　思い切って尋ねてみた。

「ねえ、クミちゃんはあの人のことやっぱり好きなの？」

　彼女が息を呑むのがわかった。

「あの人って誰のことですか？」

「今、他の人の話なんかしてないでしょ」

ああ、彼女が小雪が見たという女性なのかもしれない。わたしのことを知っていて、それでも彼に惹かれている。

彼女は少し間を置いてから言った。

「好きです。南さんがもう彼のこと好きじゃないなら、わたしがもらいます」

一瞬、胸が焼け付くように熱くなった。この感情は嫉妬《しっと》だろうか。

そんなふうに、まっすぐに彼のことを好きだと言えることがうらやましかった。

どうして、人は幸福な記憶だけを持って生きていけないのだろう。

そう一瞬考えて、わたしは笑った。

幸福な記憶以外忘れてしまえば、もう一度同じ過ちをしても気づかない。

だが、もう一度だけ、彼の笑顔以外すべてを忘れてしまえるのなら。自分がなにを失おうとかまわないと思えるのなら。

自然に口が動いていた。

「もし、なにもかも忘れてしまえたら、もう一度彼に会いに行くのに」

そう言った後、わたしは電話を切った。

わたしは鞄《かばん》を持ち上げた。

あのひどく寒くて小さい自分の家に戻り、そこからひとりで生活をはじめる。

その選択が正しいのかどうかはまだわからない。この家にいた方がよかったと思うことも何度もあるだろう。

ドアを閉めるとき考えた。

もう一度、あんな麻薬みたいな恋に落ちることはあるだろうか、と。

すぐに気づく。

そんなのはそのときになってみないとわからないのだ。

# 解説

千街晶之

集計したわけではないけれども、ミステリ小説で描かれる症例のうち、最も登場率が高いのが記憶喪失であることは、ほぼ間違いないと言っていいのではないか。記憶喪失を扱った海外の古典的な作例としては、ウィリアム・アイリッシュ『黒いカーテン』（一九四一年）、パトリック・クェンティン『悪魔パズル』（一九四六年）、エラリイ・クイーン『十日間の不思議』（一九四八年）、ロス・マクドナルド『三つの道』（一九四八年）、セバスチアン・ジャプリゾ『シンデレラの罠』（一九六二年）あたりが思い浮かぶし、近年の海外ミステリではチョン・ユジョン『種の起源』（二〇一七年）やフェリシア・ヤップ『ついには誰もがすべてを忘れる』（二〇一七年）などが印象的だった。国産ミステリにも数えきれないほどの作例があるけれども、夢野久作『ドグラ・マグラ』（一九三五年）、逢坂剛『百舌《もず》の叫ぶ夜』（一九八六年）、島田荘司『異邦の騎士』（一九八八年）、宮部みゆき『レベル7』（一九九〇年）、綾辻行人『黒猫館の殺人』（一九九二年）、東野圭吾『むかし僕が死んだ家』（一九九四年）あたりは特に有名だろう。

実際には、記憶喪失になったことがあるというひとがミステリに登場するほど多いとは思えないのだが、とはいえ、酒に酔っているあいだの記憶がないといった経験まで含めればぐんと増えるに違いないし、記憶のあやふやさというものを手っとり早く知りたければ、家族でも親友でも恋人でもいいが、自分にとって一番身近な人間と、互いが共有する筈の記憶について話し合ってみればいい。一方が憶《おぼ》えていてももう一方が忘れていたり、両者とも憶えていたとしても重要な部分が食い違っているなど、驚くほど一致しない筈である。記憶によって構成されている自分の人生が、実は思っていたほど確かなものではないと思い知らされるのはそうした時であり、記憶喪失がフィクションのテーマとして世界共通の普遍性を持つ理由もそのあたりにあると考えられるだろう。

そんな記憶喪失テーマに近藤史恵が挑んだ長篇ミステリ『わたしの本の空白は』は、《ランティエ》二〇一七年二月号から二〇一八年二月号まで連載され（二〇一七年十一月号のみ休載）、二〇一八年五月に角川春樹事務所から単行本として刊行された。

著者は一九九三年、『凍える島』で第四回鮎川哲也賞を受賞して作家デビューし、自転車ロードレースの世界を扱った『サクリファイス』（二〇〇七年）で第十回大藪春彦賞を受賞した。その他の作品群は、主に歌舞伎の世界に関わる事件を私立探偵が解明する「探偵・今泉」シリーズ（一九九四年〜）、江戸時代の芝居の世界を背景にした「猿若町捕物帳」シリーズ（二〇〇一年〜）、清掃の天才が主人公の「清掃人探偵・キリコ」シリーズ（二〇〇三年〜）、フレンチ・レストランのシェフが客から持ち込まれた謎を解いてゆく

「ビストロ・パ・マル」シリーズ（二〇〇七年〜）などのシリーズ作品と、『三つの名を持つ犬』（二〇一一年）、『私の命はあなたの命より軽い』（二〇一四年）、『岩窟姫』（二〇一五年）、『インフルエンス』（二〇一七年）などを代表とするノン・シリーズ作品とに分けられるが、著者の作家生活が四半世紀を迎えた年に上梓《じょうし》された本書は後者に含まれる。

主人公の女性は病院の一室で、自分の名前を含む一切の過去を忘れた状態で目覚める。鏡を見ても、そこに映っているのは見覚えのない顔だ。病室の名札を見ると、どうやら名前は三笠南というらしいが、それを見てもピンと来ない。やがて、三笠慎也という男性が現れて夫だと名乗るけれども、彼のことも全く思い出せない。果たして自分は、彼を愛していたのだろうか？

南は夫の慎也のほか、義姉の祐未、義母のはると一緒に暮らしていたようで、その自宅の階段から転落したことが記憶喪失の原因となったと説明される。だが、はるは認知症気味で記憶が覚束《おぼつか》ない状態であり、祐未は南が三笠家にいるのを歓迎していないかのような妙につっけんどんな態度を示す。退院して三笠家に戻った南は、自室の本棚の不自然に空いた隙間に、カエルの王子様の人形があったように思えて仕方がないけれども、それについて尋ねても、慎也も祐未も何かを隠している様子である。

南には気になることがもうひとつあった。夢の中に繰り返し登場する、慎也ではない美貌の男性のことだ。その人物のことを激しく愛していたようなのに、どうしても思い出せないのである。誰も信用できない状況下、南にとって頼れるのは妹の小雪だけだが、彼女に訊いても、夢に現れる男性に該当しそうな人物に心当たりはないという。果たして、その男性は実在しているのか……。

ミステリに記憶喪失の主人公が登場する場合、最近の数日間だけの記憶がないような比較的軽度の症例から、自分が誰かすら思い出せない重度の症例までいろいろあるけれども、本書の三笠南は後者である。病院のベッドで目覚めた時点で、彼女は自分自身に関するいかなる情報も失っている――名前も、年齢も、職業も。自分を自分たらしめているものが、それまでに積み重ねてきた記憶に他ならないとすれば、覚醒した時の南は、産まれたばかりの赤ん坊に近い白紙状態に置かれているのだ。

妹の小雪、義姉の祐未、そして中盤から登場するもうひとりの人物といった女性キャラクターが、いずれもくっきりした輪郭を持つ存在として描かれているのに対し、南は一人称主人公であるにもかかわらず、過去の具体的情報がないせいでどのような性格なのか、最初のうちはどうにも摑みどころがない。ということは読者にとって、彼女は善人かも知れないが、もしかすると悪人である可能性も存在するということであり、なんとも落ちつかない読み心地のまま話が進展する。

そんな彼女が、夫や義姉や妹といった周囲の人間から、さまざまな情報を与えられ、自分が何者であったのかを知ってゆく過程が本書前半の読みどころだが、ここで注意すべきは、記憶が少しずつ戻るのではなく（カエルの人形のような極めて断片的な記憶は蘇るにしても）、あくまでも情報を与えられるという点だ。つまり、彼らが口にする情報に嘘が混ぜ込まれていたとしても、南にはそこから感じる違和感以外に、その真偽を判別する術《すべ》がないのである。

通常、記憶喪失をテーマにしたサスペンス小説では、記憶の回復という最終地点に向けて話が進んでいき、その過程で主人公が少しずつ過去を思い出すことが多い。ところが、本書はその点がやや異なる。南の記憶はなかなか戻る様子がなく、ただ周囲の人間から与えられる真偽不明の情報だけが増えてゆく。本書が、南がどんな人間だったかという情報が積み重なるほど怖さを増してゆくのは、彼女の記憶自体が損なわれたままだからなのだ。

では、南にとって特別な誰かなのであろう、夢の中の男性に対する慕情の記憶だけは、迷宮に踏み込んだテセウスを導くアリアドネの糸のように確かな救いであり、間違いのない真実なのだろうか。自分の感情と、実際に自分を囲繞《いにょう》している環境とが食い違って感じられる場合、感情のほうが正しいのだろうか。しかし、必ずしもそうとは言えないのではないか……という可能性も、読者に不安な気分を与える。もしかすると、嫌な思い出が都合良く消え去り、この相手にならば騙されても構わないというような、恋愛の甘美な熱狂だけが記憶に強く刻み込まれている場合もあるのではないか……と。

もうひとつ、本書のサスペンス小説としての怖さの重要なポイントと言えるのは、南と夫の慎也の関係だ。例えば両親とか兄弟姉妹の存在を思い出せないというのも、それはそれで寄る辺ないものだが、配偶者を思い出せないという事態にはまた異なるニュアンスが生じる。見ず知らずに等しい男性が夫だと名乗って現れ、夫婦生活を要求した場合、女性はどのように感じるのだろうか。記憶を失う前は愛していたのかも知れない、しかし今は何の愛情も感じられない相手と、ベッドをともにすることが出来るのか。記憶喪失という特異な状況に仮託してはいるものの、これは、女性が初めて知り合った男性と肉体関係を持つ際に感じるであろう根源的恐怖を反映しているのかも知れない。

著者は《ランティエ》二〇一八年七月号掲載のインタヴューで、「この作品で一番やりたかったのは、大げさな言い方ですけど〝愛を解体する〟こと。血まみれになって解体した末に愛が死骸のように横たわっている状態を描き出すことには、成功したと思っています。こういう解体の仕方をした作品は、あまりないだろうと思いますし」と述べている。

南の記憶の扉の鍵となるカエルの王子様の人形はグリム童話に由来しているが、本書における描かれ方が示すように、現実には魔法が解けてカエルが王子様に戻るよりは、王子様がカエルだったという場合のほうが多い筈であり、そのような幻滅も含めて恋愛であるという認識が本書では着地点となっている。ある意味、誰も幸せにならない話とも言えるけれども、すべての事実を知った南が、いい思い出も嫌な思い出もともに自分の過去として受け止めた上で決断する点も含め、愛が解体された末にあるものが必ずしも絶望ばかりではないことが浮かび上がってくるのは、心理描写に長《た》けた著者の筆力があればこそだろう。南のみならず、すべての登場人物の行く先に希望があることを祈りたくなる小説である。

（せんがい・あきゆき／ミステリ評論家）

本書は二〇一八年五月に小社より単行本として刊行されました。

Haruki Bunko
ハルキ文庫

こ 13-1

# わたしの本《ほん》の空《くう》白《はく》は


著者　近藤《こんどう》史恵《ふみえ》

2021年7月18日第一刷発行

発行者　角川春樹

発行所　株式会社角川春樹事務所
〒102-0074 東京都千代田区九段南2-1-30 イタリア文化会館

電話　03(3263)5247(編集)
03(3263)5881(営業)

印刷・製本　中央精版印刷株式会社

フォーマット・デザイン　芦澤泰偉
表紙イラストレーション　門坂 流





ISBN978-4-7584-4421-7 C0193 ©2021 Kondo Fumie Printed in Japan
http://www.kadokawaharuki.co.jp/ [営業]
fanmail@kadokawaharuki.co.jp [編集]　ご意見・ご感想をお寄せください。